比留間美代子詩集

Hiruma Miyoko

新・日本現代詩文庫
139

土曜美術社出版販売

新・日本現代詩文庫　139　比留間美代子詩集　目次

詩篇

詩集『共に育んだ愛の日々は何処（いずこ）へ』（二〇〇七年）抄

エッセイ

解説

詩篇

詩集『日だまり』（一九九六年）抄

比留間美代子さんの詩集出版によせて

宮路利勝
（小金井第二中学校校長）

私と比留間さんとの出会いは、昭和四七年の四月であった。私が小金井市立小金井第二中学校に赴任したのがきっかけである。

当時比留間さんは、ＰＴＡの役員として、捉われることなく率直に協議事項や、教育問題に意見を述べておられた。一年ばかり経った頃、著者は病に冒され会合を欠席するようになった。それからは入退院の日々を繰り返すようになってしまった。

著者は大変感性の豊かな方で、その上読書家でもあった。このことが自然に詩作の心をかきたてた要因の一つになったと思う。

また、著者は西多摩郡日の出町平井に生まれ、織物業を営む父母の膝のもとで自然を友として育った。山あり、川ありの自然環境の中で、読書し春秋の虫の声や、野草の可憐な花に惹かれて成人した。幼時から自然の中で遊び、自然と語り合い、自然のふところに抱かれて、詩の心が芽生え育っていった。世にあって純粋な心が傷ついた時も、詩を書くことによって、慰められ、勇気づけられた。

詩は心象芸術といわれているが、著者は、感じたまゝ、その感動や驚きを平易なことばで、読み易く書きつづっている。これがこの作品の特色である。

詩作の一齣を取りあげてみる。

「命の尊厳」（次女のことば）

病院から一時帰宅した日、

「お母さん

こうして呼吸しているだけでいいから

ここに居てくれたらいいなあー」

娘のことばに、熱い涙をホロホロ
　と流すのです
私だけの体ではありません
　待っていてくれた
人々の体でありました

この短い詩によって、比留間さんの詩の底に流れている一端を知ることができる。

私達は日常生活で、多くのことを見落としながら生きている。この見落としがちなことどもを拾い上げ、素材として、時には喜び、時には悲しんでいる。これも特徴であろう。

　さらに生活の哀歓と、夢と希望を抱かせる作品が含まれている。この詩を読んで生きることの意味を、再び考えてみたいと思うのである。

父のことば

人間はこの世の番頭だから
明るくこの世の役目を務めること
　そんなに
欲をかくことはない
　そんなに
心配することはない
心配したからってどうなるものでない
　名言でした
言葉の意味の通じない
　息子や
　娘達を
どれほど歯痒く思ったことだろう
深い父の心根を分からず

苦しみ　悲しむ子供達に
あの言いまわし
この言いまわしで
分からせようとしてくれました
　父よ
あなたの願いは
子供達の幸せのための毎日であり
子供達の幸せを願う語らいでありました
　　ありがとうございます
子育てを通りすぎて
あの言葉の意味の少しずつを
心の深い底に
蓄えられるようになりました

母の生きた道

生きていくことの悲しさを
通りぬけて
母は老いていきました

生きていくことの酷(きび)しさを
身に沁ませた時
母の眼(まなこ)はキラリと光りました

生きていくことのつらさを
耐えしのんで
母は子らを育(はぐく)んでくれました

生きていくことの淋しさを

骨身に感じながら
母は娘を嫁がせました

生きてきた母の黄昏時（たそがれどき）
腰をかがめた
母はなお　とぼとぼと歩いておりました

生きていくことの苦しさに
出合って初めて
母の涙のわけを知りました

生きていく道のりは遠く続く
母の道のりの残されてある間
その恩愛に
どう償っていけるかと
しんみりと思うのです

命の尊厳

命を大切にしたい
それは父母のために
それは夫のために
それは子供達のために
自分の勝手で
命を粗末にできないと
切（せつ）に思うのです

病院から外泊で一時帰宅した日
「お母さん　ここのソファーに座っててね
今お茶を持ってくるからね」
　茶をすする傍らで
「お母さん　こうして呼吸してるだけで

それでいいから　ここにいてくれたら
　いいなー」
娘はそう言って微笑んだ
何気なく頷(うなず)いてすごしたが
月日を経てみて
娘のあの言葉のわけに
熱い涙をホロホロと
流すのです
待っていてくれる人々がいる
私は高い空を仰いで
謙虚な心になって
手を合わせます
私の体ではありません
待っていてくれた
人々の体でありました
命は多勢の人々の
願いを受けた
魂の叫びでありました

慟哭

曽祖父母から祖父母へ
父母から私へと引き継がれ
子供達が後に続いている
この連綿とした命の流れの中で
自己主張を通す
愚かさを知りました
どんな支えられ
助けられてきたことかと
私は鳴咽にむせびます
ありがとうございます
多くの方々よ
生きていることの証を

生きていることの重みを
ひしひしと感じます
打擲の頭が重い日
己を立てて暮らしていた
その日々を
悔恨の涙で流します
多くの人々の善意によって
人生の中ばをすぎました
私の頭の中では
愚かな自分に気づけよと
乱打の鐘が鳴り響きます
昼の一人居の部屋の中にいて
おいおいと慟哭の涙が
止まりません

父と母へ

父よ　母よ　私は
あなた方から頂いた
この肉体を粗末にしすぎました

父よ　母よ
この自らの　この過ちを
あなた方は　そっと心配げに
見つめていてくださる
　だから
私は病に打ち勝たねば
ならないと思うのです

父よ　母よ　私は

あなた方から受けついだ
血脈の体を無茶に扱いました
よい肉体と魂を
譲り受けながら
酷い疲労を押して
無知なことをやりすぎました

父よ　母よ
じっと見守っていて下さる
あなた方のためにも
この病に
打ち勝たねばなりません

嫁ぐ娘に

精魂こめて
育まれた傑作です
厳しすぎて
泣き面していた顔
耐えていた顔
はしゃいでいた顔
顔・顔・顔
あなたは　もうすぐ
嫁いで行ってしまいます
他家の人となります
虫干しの手を休めて
過ぎた日のことを思い
溢れるなみだをこぼします
あなたを一人前にするために
費やしてきた二十四年間
そんな思いになり
うつろになります
幸せになるのですよ

斯くして流す母の涙の訳を
何時の日か分かるでしょう

二人への餞の歌

この日の宴のために
この日の慶びのために
二十数年の歳月が
父と母の前を
通り抜けてゆきました

今万物はよみがえり
小鳥は春を告げ
百花の蕾はふくらみ
すべてのものが
この佳き日のために
祝福の喝采をしています

あなた方二人のために
通りすぎた
二十数年の帰らぬ日々が
いま父母の眼（まなこ）に
光り輝いて見えます
どのようにつらかった日も
どのように悲しかった涙も
今は真珠の光彩となって
尊く映ります

この日の皆様の祝福
この日のこみ上げる感激を
宝物として
よい人生を全うせるように
　そして

あなた方の二世にも
よい命の綱を渡して
連綿とした命の証を
つないでいくのです

金婚式の佳き日に

幾星霜を経た
衰えた両親の面ざしに
言い尽くせぬ
思いをみるのです
息子や娘達への
あれやこれやを気遣う
慈悲の心をみるのです
自分達のことよりも
子達の行く末を見守り続ける

深い愛を感じるのです
　私共は
その償いを
どう埋められましょう
心労をかけないで
夫婦睦まじく
元気に暮らしてゆくことと――
金婚式のこの佳き日
心高ぶり
両親の長寿を願うのです

シスター管の葬儀

唸り狂った颱風一過
晴天の秋日和
シスター管の棺は

白い花に埋もれていた
二ケ月前見舞った折
こぼれるような笑顔で
話されたシスター管
優しいまなざしを閉じて
今　無言で
棺におさまってしまった
秋の空はぬける程
青く高かった
シスター管の棺の前に
ドクターも事務課の人も
看護婦も薬剤師も食事係の人も
仕事の間を縫って
お別れにつめかけた
賛美歌の歌声に包まれ
みんなの祈りは続いた
はかない夢の人の世か

秋晴れの木の葉の下を
シスター管の棺を乗せて
車はしずしずと去っていった
清い魂を乗せて
遠く遠く去って行った

終演

色づいた木の葉の共演だ
光の雫がその上に跳ねる
はずむプリズム
紅色黄色緋色黄土色
そよ風に
光が渡る
光が流れる
目の前にひろがる

秋の彩色の祝宴だ
この色を眺め
この色を愛でた人々も
順ぐりに
この世から果てていった
ああ　うつつの
幻であるようだ

散り葉

紅葉した葉が
一面に散り敷いた上で
おにぎりを食べましょう
ひら　ひら　ひら
ひとひら
ふたひら
舞い落ちるその下で
あなたとふたり
娘の作ってくれた
厚焼卵を頬張って
遠い向こうの
景色を眺めていると
ずーっと昔にも
こんなママゴト遊び
したことがあった
ように思えます
それは生まれ出ずる
以前のことだったような
そんな遠い記憶です

寂寥

人が寂しくなるとき
それは創造主を仰ぎみる
そのことを忘れたためという
底知れぬ寂寥の
深淵に沈みそうで
もがくとき
人を造り給うた
神から離れた心が
主を慕う心であったとは――
果てない寂寥感から
逃れようと
人を恋い慕い
目前のことに
身を尽くしたとても
真に寂しい穴を
埋めることはできない
でありましょう
自分を救うための
出発点であったなら
己という人間に
あざむかれてしまう
のかも知れません

黄金色に輝いた日常生活

三階の病院のベッドの上で
窓から見えた連なり合う屋根と屋根
その下に繰り拡げられる
夕餉の団居(まどい)や

主人や子供を送りだす
そんな光景を想像し
平凡なその日常生活が
黄金色に光って見えました
日頃のたわいないその営みが
何と輝いて見えたことでしょう
日を経て病癒えて
あの憧れた日常生活が
送れるようになって
ふっと気付いた時
まぶしく輝いて見えていた筈の
あの日常生活が
色あせて見えてきたのです
焦りました
こんな筈ではなかったのです
黄金色に輝いた
日常生活を送らなければ

今なお病窓に日を暮らす
多くの人々の渇望する
尊い日常の営みを
送れるのだから
限りある生命の間を
この日頃の生活に
両手を合わせて
感謝しなければ
多くの病む方々に
申し訳ありません
少し健康と忙しさに戻れると
あの黄金色に輝いた日常生活を
忘れてしまいそうになります
それは一番悲しいことなのです

ゆだねる

弱った体で
臥すことの多い日々
なすことも出来なくて
ぼんやりと
目をつむっています
目をつむっていると
色々な不安が湧いてきます
それですから
体の動かない
横たわった
胸の上で
両手を合わせているのです
そうしていると
心が安まります
それだけしか出来ません
何も出来ません
何も分かりません
これから先
どう運ばれてゆく命かも——
ただ大いなるものに
身をまかすだけです

通り抜けていった人々

通り抜けて去った
人々の顔が思われます
晩秋の物思いのひととき
ふっと浮かぶ
あの面ざし

あのしぐさ
遠く去っていった人々
わたしの心に
淡く刷け目をつけて消えた方
強く心に沁みた
一筋を残して去った方
みんなそれぞれに
それぞれの方向に
通り過ぎてゆきました
物思う心に
通り抜けていった日々が――
お互いにかかわりのあった
ゆかりの不可思議さが――
今年もうら悲しく
胸を去来いたします

アカシヤの花

アカシヤの花房が垂れている
無数に白々と咲き揃い
年々咲き匂う
アカシヤの白い花房
中天に
ぼあーとひろがる
限りない夢現の世界
涙が溢れる
――今年もお互い無事で
　また出会えましたね――
心はずんでつぶやく
白い高い樹の下を
人々の群が行き交う

国分寺駅の廻りの
アカシヤの白い花
アカシヤの樹は
余りに高く大きくて
花は人々の遥か上なので
咲き競っているのが
気付かれないで咲いている
繚乱の頃
散り敷いた花びらに
驚いて上を見る
幽玄な白い世界が広がっている
人の命よりも長く
世のさまを見つめてきた
アカシヤの大木に脱帽する

眠れぬ夜に

眠れぬ夜に思います
眠りつづけてしまったら
起きつづけてしまったら
困ったことです
神様は少しずつ
ずらしたりなさりながら
差し障りのない状態で
試練を与えて下さる
　だから　めげずに
眠れぬこともよしと認めて
ぼんやりと生きてます
つらいそのことも
つきとめないで

これも雨のち曇
のち晴天の日があるように
体にもさまざまな日がある
そう思って
眠れぬ夜々を
いとおしみます

花を愛でた人（長谷部ますほ様のみ霊に）

ゆうぜんバラが垣根に枝を張り
白い花びらが爽やかに開きました
ゆうぜんバラは豊かに香りました

大手毬が太陽に向かって
両手をひらいたように
大きな花房を
いくつも　いくつも
つけました

花を入念に手入れしていた
おばあちゃんの姿は
今年はありません
おばあちゃんの部屋は
閉じられたままです

くる年も　くる年も
花々が咲き競っていた庭に
おばあちゃんは佇まなくなりました
ゆうぜんバラがしとやかに匂い
大手毬が華やいでいるのに
おばあちゃんの心と体は
元に戻ることが出来ませんでした
ゆうぜんバラは散ってゆきました

大手毬は枯れ色に変わってゆきました
再びまみえることのない
おばあちゃんとの別れでした

鐘は鳴り渡れり

清らかに　高らかに
聖ヨハネ病院の
鐘は鳴り渡れり
研ぎすまされし
朝のしじまに
今日の営みを始めんと
さわやかに
鐘は響けり

清らかに　高らかに
聖ヨハネ病院の
鐘は鳴り渡れり
よこしまな心を
打ち捨てよと
初夏のみどりの上を
つつましく
鐘は響けり

詩集『一条（ひとすじ）の光を見つめて』（一九九九年）抄

残照

ソドム・ゴモラの街

愛の家庭がいびつになり
愛憎が押しひしめき
砕ける愛のかけら
頭の中をめぐりめぐる
憎悪のうなり
押さえきれぬサタンの頭よ
世に流されて
ニタニタと鼻を鳴らす
足底をくすぐられて
ソワソワと落ち着かず
ソドム・ゴモラの巷で
頬ずりして時を過ごす
焼けてゆき崩れゆき
滅びゆくを知らず
サタンの頭達よ
巷の中に踊る

雫の音

夜半に響き渡る雫の音
　シト　シト　シト
虚ろな心にも
　シト　シト　シト
わびしい思いは胸を覆い
何時かの日にも似たざわめき

シト　シト　シト
雫の音は胸に沁みゆき
心の中をしとど濡れしきる
生まれ出ずる前のような
安住の地を失った人の放浪心よ
　シト　シト　シト
しんしんと迫りくる雫の音
得体知れずの孤独
何処を彷徨(さまよ)う
安らぎの地を求めて流離(さすらい)ゆく
　シト　シト　シト
心の中に雫は滴(したた)り広がる

哀感

ひゅう　ひゅう　ひゅう
心の隙間に風が吹く
枯れ果てた心の隙間風
ひゅう　ひゅう　ひゅう
生の営みのしがらみの中
心千々に乱れ千切れて
ほころびゆく
綴じ繕うこともなく
もくもくと息をして
遠くかすかな光を見やる
雲の合い間から射す一条(ひとすじ)の光の矢
屈折することなく
ただ一直線に伸びてゆく
眼(まなこ)を閉じて澄明になって
あの光の束を心に射し込もう
ほの暖く熱く燃える時が
よみがえりくるだろう
ただ一条の光を見つめ続け

喜びと感動を心に呼び戻そう

円座（日の出町の家）

遠い遠い昔　そう六十年位前の話
二十数人の人々が円（まる）くなって
御飯を食べた
朝食も昼食も夕食も
箱膳という各人のお膳があった
多勢でワイワイと
その日のことを語りながら
またお替わりをして皆で食べた
ご飯の暖かい湯気が立ちのぼり
人々の暖かい心がつながっていた
そう六十年位前の話
二十数人の円座は子供心に嬉しかった
ほんのりと甘かった
小学生の時に戦争が始まった
中学一年の時に戦争は終わった
父の織物業は原料が入手できず
仕事が続けられなくなった
あの当時の円座の人々は遠近に去り
時折りの風の便りのみとなった

成長してゆく過程の中で
さまざまな誘惑に関わりなく
真っ当な道を歩めたのは
あの二十数人の円座の中
その一員として皆で肩を寄せ合って
信じてゆく世界を見せてもらったから
年経てみてあの円座は
心の原点となっていた
悲しい時も苦しい時もじっと

耐えられたのはあの支えられていた
心の世界に戻れるからだった

時代が流れゆき今　個食孤食という
バラバラに食べ　バラバラな心で
荒々しく生をつむぐ
支えられるもののない
表現する術もなく子供の心は震える
物が溢れている時代だけれど
孤独な子供が叫びにならぬ声をあげ
枯れた心で怯える
温かい円座を遥かに思う
暖め合い心と心を繋(つな)げたい
生きている日々
今日が再び戻らない日々
肩と肩を寄せ合って
ぬくもりを慥(たし)かなものとしよう

キラリ尊いものを見た（日の出町にて）

世のあれやこれらが重く
気色沈む日のことだった
娘を抱いて故郷へと向った
太陽が明るく照っていた
地上の妄執を抱き
心は堅く閉ざされていた

故郷の縁先では家族が集い
お茶の時間であった
娘を下ろして重い心の荷物を
いつ下ろそうかと機(おり)をみた
祖父の顔　祖母の顔　母の顔
いつものようにゆったり茶を啜(すす)る

祖父は茶を喫(の)みながら
遥か遠くを見はるかす
静かな眼差しで
木々の芽吹きや
風の音を聴いていた
わたしの咽喉は打ち震えた
幾星霜を越えてきた
祖父の顔にキラリ尊いものをみた

「ごちそうさま」
「もう帰るの？」
「電車が混んでくるから」
「気をつけてお行き」
娘を抱いて坂を下りた
自分の甘さがつらかった
何も語らない祖父の威厳に
涙がハラハラ落ちた

その熱い涙は重い心を完全に溶かし
ただ止めどなく感涙にむせんだ

あの時の娘もすでに四十歳
遠く去った昔日のこと
無言で遠くを見はるかす
祖父の眼差しは今も脈々と
わたしの胸にありて胸を焼く
黄泉(よみ)の世から今もキラリと尊く
祖父の心が伝播してくる

汽笛　（宏太・佑太・秀太）

両腕を廻して車輪を作り
ポーポー
ポーポー
幼な児は叫んで走り続ける
喜んで走っているのに
楽しんで遊んでいるのに
ポーポー
ポーポー
何と哀調なる響きだろう
一列に並んで通る三人の
あどけない幼な児達に
わけもなく胸を熱くする
ポーポー
ポーポー
何処までも走り続けてお行き
広大無辺の天と地の間を
高らかに　おおらかに
汽笛を鳴らして何時までも――

コーヒータイム　（武蔵小金井の庭）

青々と伸びた芝生の庭に
白い　テーブルを据え
コーヒータイムと致しましょう
白い　椅子に腰かけて
ベランダの柱に絡んで見事に咲いた
白い　野ばらを愛(め)でながら

あなたと二人コーヒーを喫みましょう
杏の木の上で小鳥がさえずり
遠くで山鳩が今日も啼く
ふたりの四十数年が
こうして流れていきました

幼な児のように（佑太の幼稚園）

幼な児が
母から離れるのが
たまらなくて
不安におびえながら
ひとつひとつを
乗り越えてゆくように
幾つになっても
ひとつひとつを踏みしめて
越えてゆく山や川

幼な児が
母を振り返りながら
泣きじゃくり
集団生活の中に入ってゆく
頑張れ頑張れと
見送る母の胸熱く
幾つになっても
頑張れ頑張れ　みずからを
鼓舞しながら歩みゆく

幼な児が
お母さん大好きと
日毎夜毎
愛を確認しながら
一歩一歩

成長していくように
幾つになっても
一歩一歩暖かな
ぬくもりを確かめながら

幼な児が
お母さん何故叱るのと
問いかける
あなたが大好きだから
訳を話すと
得心して眠りにつくように
幾つになっても
問いかける　ひたすらな
道を求め続けて

幼な児が
お母さんあの公園で

待っててよ
待っていてくれる絶対愛
信じ信じて
安心しているように
幾つになっても
信じ信じて空の下
遥かなるものに抱かれて

本然の世

生きていて

緑が生きていて
人が生きていて
太陽が燃えていて

地が黙していて
天が見つめていて
一陣の風が吹いて
さわやかに
汗がぬぐわれて
車中の人となる
無表情の群れの中
人それぞれの
胸の絵巻きが
さびしく染め出される

詩集『野ばらの私語（ささやき）』（二〇〇五年）抄

Ⅰ　花のささやき

野ばらの私語

露に濡れた純白の花房が
思いをひそめて語りつぐ

今　浦和の地に生い茂っているけれど
小鳥が種を落としたのは多摩川の上流
平井川のほとり
そこで清流の囁きを聞いて成長したと
野ばらは　その川辺から人の手を経て

武蔵小金井の地に運ばれて幾十年
ベランダの上を覆い見事なアーチ型に
育って
甘みな香りを放って咲き満ちた

俄かに五年前　浦和の地に移されて
健気に根付いて生い繁り
初夏の高い空に向って
白い繚乱を飾っている
野ばらはほんわり咲き誇りながら
生育した川辺に思いを馳せるけれど
コンクリートの堤防には
小鳥がいくら種を落としても
カラカラと乾く音だけで芽生えはしない
疾うに清流が消えたことも知っている
野ばらは曇天の下でも今を
いっぱいに咲ききることに集中する

花陰

おおらかに
枝ぶりをひろげて
花の繚乱の季節がやってきた

めぐりくる年毎に
咲く花の下で
花の息吹を感じたもの
ほの甘かった香り
ほろ苦かった芳しさ
燦々たる陽ざしの中で
あの人も　あの人も
どんな花色を心の中で
見つめていたことだろう

その人々は今は世にはない
けれど今年も
花は満開だ

幼な子と手をつなぎ
花陰を歩いてゆけば
隔たれた過ぎた歳月が
かすみの向うに
けぶっている

たえまなく花吹雪が
風に舞いながら
ハラハラと振りかかる

エデンの春

若草が萌え出して
はなやいだ香りが辺りに漂う
清く冴えた光の矢が乱れとぶ

細い指先をからませながら
白絹をまとった女達が
しなやかに舞い踊り進む
天使のラッパが高らかに鳴り
春よ
春よと
地の底から
歓びの歌声が湧き上る

明るい息吹きがチラチラ燃え
若草の精がパチパチはじけ
天使の子らがキラキラ翻る

ひかりがきらめいて
木々の芽吹きに陽炎（かげろう）がたつ
天と地に
春の訪れを告げる舞い踊りは
しずしずと
連なり広まってゆく

遠くで吹いている角笛の音が
澄んだ青空にこだまする

II　幼子と老人と望郷と

青い生命（いのち）が満ちてこぼれてて

リコーダーで　カッコウワルツを
吹いている子
電車の　ペーパークラフトをしている子
バットの素振りに入念な子
それぞれに　熱中している子供達の
いっときの静けさ

「おばあちゃん　何見ているの」
「宏ちゃん　佑ちゃん　秀ちゃんの
お顔見ているの
そして命貰っているの」

「いのちなんて　あげてないよ」

「そうね　だけど
やっぱり命貰っているのね」

「お母さん　いのち貰っているって
どういうこと?」

「ううん　元気を貰っているっていうことかな」

「そう　そう　そういうことです」

萎えた　こころが頓狂な声をあげる

発散する　青い生命が満ちてこぼれて
生の息吹を辺りに　ふり撒く
たわいなく語り
笑い
たわむれながら
時に泣く
精一杯大きな声で
泣けることって　素敵だよ
なみだが涸れるのは悲しいことだから

水平線の波間で　あえいでいた命は
青い生命に繋がれて甦る

星語り

右手をいっぱい伸ばして
光る星を掌に集めよう
左手もいっぱいに伸ばして
星の雫を手に受けよう
両手に盛りこぼれる
星を抱いてから
一気に大空に抛り投げよう
キラキラとまたたいて
満天の星が輝くことになるだろう

そんな夜空の星語りに
幼な児と嵌まり込んでゆく
星空への思いをふくらませて
またふくらませて
夜空いっぱいに
煌めいていた星のことを思う

いつかの日
スモッグが取り払われたなら
ほーら両手で高く抛った
あの星の子達が
息苦しくなくなったね
深呼吸ができるね
暗い夜空を照らすのは嬉しいね
と賑やかに
語らいを始めることだろう

父よ

父よ
竹林の葉ずれの音　聞えますか
杉の木立のざわめき　見えますか
すべてあなたが慣れ親しんだ
さわやかな風物です
あなたは病院から戻れる日を
どれ程待ち望んだことか

九十四年間
生きたこの場所に
亡骸となって戻られた
あなたの目はもう開かない
あなたの口はもう語らない

あなたの懇願したこの家に
軀（むくろ）となって安置された

霊魂となられた父よ
今こそ存分に
竹林の葉ずれの音にのって
華やぎ舞い踊れ
あなたの大好きな平井の地で
早春の風に誘われて
霊安らかに奔放な
優美な舞を舞い歌え
おお父よ

山頂の祠（ほこら）

東京の多摩西部
日の出町平井と呼ぶところ
大方は開発されて
変貌していく中にあって
山側の辺りは人手が加わらず
そそとした風がなびいている

曹洞宗瑠璃山東光院
その裏手にある二八五メートルの低い
山頂に
古代百済との深い交流を今に伝える
妙見宮が鎮座する

妙見菩薩は北極星を神格化した仏様
人の寿命や運勢を支配する源という
明治時代に大火で全焼し
そのあと檀家の重要な人々の
早世があい次ぎ

妙見様の祭礼を怠ったためと
山上に仮堂を建てたものと聞く

その年に私は生まれた
由来も知らないまま
小さな祠のある山頂へ
よく駆け登った
眼下に平井の里が広がり
遠く五日市線が黒い煙を吐いて
原野を走りぬけていた
山頂で見つめたきらめきは
今なお胸底にたくし込まれて

妙見宮の今昔

ゆらゆら野草がなびく山辺の道
日だまりと雲のおだやかな流れと
やわらかいそよ風が渡っている
のどかな平井の山頂に
妙見宮は百済渡来人の
守護神として祀られていた

平安時代の中期以降
加藤清正が妙見菩薩から授かった
名剣士星丸を守り刀とし
足利尊氏が秋川畔　屏風岩の合戦で
妙見菩薩の奇瑞によって逆転勝ちし
北辰一刀流の流祖　千葉周作は
妙見宮にこもって
必勝の工夫をこらしたとも伝えられる

昔のこもごもも今は知られることもなく
陽がうららかに照り映えて

祠はひっそりと佇む
山へ登っても人に出合うこともなく
妙見様はじっと時の流れを見つめ
平井の里を見渡している

古代の馬のひづめの音も
剣（つるぎ）や雄叫びの声もなく
さやさや　さやさや
雑木の葉ずれの音が鳴るばかり

参照　東京新聞「平井妙見宮縁起稿」

Ⅲ　宙を回遊

草原へ着地

草原の荒地にゴゴゴと
音をひびかせて機体が着地した
見渡す限りの平原
青い空と緑の大地とが
一線に画されている

草原の大地は私に問いかけた
物事を何と小さく見つめてきたかと
昼の日照りの厳しさと
夜の寒さにこごえて
草丈は小さくしか伸びられない

過酷な地に生きぬいた
活力が風となってささやいた

天に祈り
地にひざまずき
風の声だけを聞いて生きた人々
人工的なものを寄せつけない
大地そのままを受け入れてきた
人の営みが胸につきささる
じりじりと肌を焼く日照り
さわさわと頬をなでてゆく風の中
原始の姿の勢いが迫ってきた

〔註〕一九九九年八月「第七回アジア詩人会議」（団長
秋谷豊氏）がモンゴルで開催され参加

モンゴルの空と風の声

モンゴルの空は澄み切ってまっ青だった
どこまでも広がる天
どこまでも続く草原
あの青空を「青き永遠の天」と
太古（むかし）から崇拝してきたという

私達は八月末モンゴルの
草原に降りたった
晩夏の焼ける太陽が照りつけ
夜には上着を着る寒さがあった
寒暖の差は草丈を成長させず
短い草を食（は）む牛馬や山羊・羊の群れが
遠く近くに見える

大自然の苛酷さが
モンゴルの人の心に
「拝むような空」として天に祈り
風の声を聞いてきたという

時の流れがゆったりとした日射しの中
草をなびかせて風が渡る
遥かな地平の果てから
騎馬民族の話を語りつぎ
ジンギスハーンの歴史を
語ろうとするかのように
風はハタハタと頬を打ってくる

天と地の果てとが
くっきり一直線を描いて
限りなく続いている
モンゴルの風は止むことなく
短い草の葉を揺らして
どこまでも吹きぬけていた

熱砂の風が吹きすさぶ

ゴビ砂漠の草原を車はひた走る
走っても走っても果てしない砂の中
車輛がガタガタと軋み轍(わだち)を外して
突如として停まった
大きな骨の横たわる傍で
そこには頭と骨がむき出しにされた
一頭の馬の姿があった
弱った体でヨロヨロよろけながら
群から離れて命尽きたのだろうか
群がったであろう鳥や獣の餌食となって

食物連鎖で命をつなぐ生きものの
砂漠のきびしい掟をみた
吹きさらしの中で
体は大地に戻ってゆき
愛らしい目玉は光の滴となったで
あろうか

熱砂の風は休むことなく
フィッフィーフィーと音をたて
骨をなぶって吹きすさぶ

詩集『育みの地はフィナーレを』（二〇〇六年）抄

Ⅰ　竹林の葉ずれの音

挽歌　Ⅰ

クモ膜下出血の後遺症で
半身不随になった甥が
杖をつきつき時おり
我が家を訪れていた

俄かに浦和へ転居が決まった時
ためらって言えず
ただお茶を啜るだけだった

引っ越しが近づいた頃
ようよう打ち明けた
「そう行っちゃうの——
でも電車に乗れば自分でも行かれるね」
「待っているからね　きっと」

転居して後始末が片付かない半年後
甥の死の知らせが届いた
駆けつけた夫と私の前で
「パス入れにこれが入れてありました
……倒れたら此処へ知らせて下さい…と
叔父さんの住所と電話番号を書いたものが」
と嫁さんが涙を拭いた
こんなに頼られていたのにと
胸が締めつけられた
定められた命の狭間で
出会って別れを迎える
人の思惑を超えて
忽然と命失せる日
風や雲のあてどない旅と
同じように甥は逝ってしまった
ざらざらと胸が痛みはじける

挽歌　Ⅱ

運命（さだめ）悲しい生い立ちの
君は五十四年の生涯を終え
白い骨となってしまった

父の顔も母の顔も知らず
父の体型そのものを
受けて成長していった

淋しさに震えながら生き
よい人とめぐり合い
よい家庭を築き
足早に君は冥土へ先立った

霊界では
君を愛し育んだ
祖母にまみえたか
知らない顔の父に出会えたか

この世の境界を越えて
君は逝ってしまった
肉体は滅ぶとも
君の魂は永遠に生きると——
安らかなれ

父の旅立ち

髪もシャンプーした
爪もきれいに切られた
体も洗い清められて
真白な衣服をまとい
ぞうりを傍らに
父の死に装束は出来上った

軽く白い布団が掛けられた上に
日頃愛用したベストが置かれ
マフラーを結び
大好きな黒いベレー帽がのせられた
杖も側に入れられて
いつもの父の恰好が出来上った

散歩に出掛ける時のような軽い心で
「いってらっしゃい」はもう無い

来世への父の出立である
賑やか好きの父がこの度ばかりは
たった一人での死出の旅立ちである
再び帰ってくることのない父の旅立ち

しんしんと広がる闇の音

静まった夜半
時折遠く車が唸る
森閑と広がる闇
眠れないままに浮かぶ面影
平成十一年三月十八日
春のそよ風が吹き始めた日

忽然と世を去った母
椿の花がコソッと落ちるように——

庭で引き売り店の
パンとバナナを籠に入れ
気持ちが悪いと坐りこみ
息絶えたと伝えられた
母が最後に言っておきたかった
ひと言はと
尋ねあぐねている
夜々の闇の中
聞き耳を立てて
母の言葉を待ち侘びる

寝入る前の夜毎夜毎
母の思いを探り
母のメッセージを

待ち続ける
遠く車の轟音が鳴り
闇の音はしんしんと更けていく

人の歴史が流れて

孫達の住まう
隣地への移転が決まったとき
老いた両親のもとへ知らせにいった
「そんな遠い所へ行ってしまうのか?」
お茶をすする音だけがして
しばらく言葉がとぎれた

旅行以外には町を出たことのない
足腰が弱って気弱くなった両親には
外国へ行ってしまうように
感じた様子
「浦和という所へ一度来てみて下さい」
「もう遠くへは行かれないね――」
外でさわさわと鳴る
竹林の葉ずれの音が身に沁みた
転居して一年になろうとする頃
父が他界し
後を追うように母も逝かれた
父の手から貰い受けた
野バラは年々
アーチ状に茂って
白い繚乱を飾っているけれど――

大きな人の歴史の流れは
粛々と音もなく
激流となって流れてゆく

Ⅱ　育みの地はフィナーレを

霧雨の中の幽玄

白い花弁を大きく開いた
泰山木の花が目を奪う

梅雨に濡れた
つややかな葉の間から
白い華麗な花が迫ってきた

その大きな花びらの陰に
亡き父の顔と
母の顔が覗いた
父は母の手をとって
すべすべの葉面を滑りおち
大きく手を広げてから
母をリードして踊り始めた
二人はぐるぐると
見事に円舞する
小雨にけぶる幽玄の世界に
呆然とみとれる
娘が一人傘の中

泰山木を愛し讃えた人
見上げては白い花を指差した
あの追憶と重なって
霧雨の中に父母は今
白い花弁と同化して
化身となってけぶる
此岸とも彼岸とも
見紛う霧雨の中にいて

山辺の小道

裏庭からゆるい坂を登ってゆけば
チカラシバ　オオバコ
チガヤの生うる野辺の道
明るい陽がチロチロ燃えて
やわらかな風が吹き抜けていた
更に進めばつま先上りとなって
妙見宮へ至る山の道となる

およそ千三百年前の白鳳時代
天武天皇の勅命を受けて
武蔵国に移住した百済豪族が
秩父多摩山系の中
百済王都の扶余の地形に似る

平井の小高い山を妙見山と名づけ
山頂に妙見菩薩を祀ったのが起源という

妙見さまは北辰（北極星）の神として
人々の運命を支配する源であり
「人は生まれた時から運命を
　支配する星を持っている」
「よい星のもとに生まれた」とか
百済渡来人によって
妙見信仰が伝わったという

無数の夜空の星を眺めながら
何れが自分の星かと思案もした昔日
長い歴史の日月に思いを馳せながら
山辺の道で風と戯れ
弾んで走っていた
幼い日の足跡を辿りながら

遥か遠くに過ぎ去った日を憶(おも)う

育みの地はフィナーレを

緑一面の草原の小道
山辺を駆け抜ける風の音
綿雲がのどかに浮かぶ空
どれもが通り過ぎていった日々
故郷に待つ
父母も今は世になく
年月は巡り過ぎていった

友よいま一度
あの萌える草原の
仄かな草いきれの中で
妖女となって野舞を舞い歌おう

友よ再び戻らない
遥かな昔の佳い日を
懐しの平井の野辺に乾杯

幾たび舞い歌い盃を交わしても
葉ずれのさやかな地に
父母はもう戻らない
過ぎた帰らない日々は
ひそかに
胸の奥に閉じ込めおこう

山里の日溜りの中
清く澄んだ空気が流れ
穏やかな気が満ちていた
かの地は育みの地としての
フィナーレを迎えた
忘れ難い日々は

篤く封印して胸に収めよう

Ⅲ　春雷

百花繚乱

街路樹に沿って
咲き連なるつつじの群生
ピンク色の濃淡に
白や赤とそれぞれに華やぐ

かたわらの植生には
背筋を伸ばした紫蘭が凜と咲き
スイートピーの小花が支柱にからまり
紫色のクレマチスの大輪に目を覚ます

向こうの道の辺には
黄色い山吹が枝をそよがせ
藤棚から花房が豊かに垂れる
蔓ばらがフェンスから
サーモンピンクの顔をのぞかせる

いっぺんに暖い春がきて
百花が繚乱する
春を讃えて歌う花々のハーモニー
とりどりの花に迎えられ
見送られる至福の道の辺
花の香りに包まれながら
天の国かと見紛い畏れる

大王松（だいおうしょう）

師走の風が吹きはじめる頃
決まって
「大王松をとっておいたから
　取りにくるように」
父からの数少ない電話の声

植木職人の切り落とした大王松を
父はバケツいっぱいに
溢れさせて待っていた

花器に大王松を立て
ストレリチアにしようか
アンスリウムを合わせようか
銀柳を垂れさせて
と構想を練るのも年々の行事であった

父は他界し
大王松の電話はもう無い
父と母が身罷（みまか）った年の暮れ
バケツいっぱいに溢れた大王松は
溢れた愛であったと――

大王松の威風堂々の姿も
ストレリチアのオレンジと紫の華やぎも
アンスリウムのつややかな朱色も
父母の無い正月にはふさわしくない
せめて窓辺に
白百合の一種活けをしよう
開いた百合の花芯から
ほのほのと立ち上る

鎮魂の香りに心澄ませよう

泣き笑い

こんなに青い空があるから
あんなに高い空があるから
ゆるゆる流れる白雲があるから――

枯れ色の葉が揺れて
紅葉が吹き寄せられて
秋色がカラカラ鳴るので――

やわらかな音色が奏でられて
琴線を震わせるから
鎮（しずま）った心はなお静まって――

澄みきった空気の中に
クルクル廻って表裏を見せながら
木の葉の舞いに今年も出逢えて――
胸がいっぱいになって
泣き笑いです

Ⅳ　流れの叫び

モンゴルとの別れ

機上の眼下に薄れゆく
遥かなモンゴルの草原に
アルタイの連山に
羊と山羊と牛馬の群に
遠くかすむ景観のすべてに

別れを告げる
さよなら　さよなら

過酷な大自然と共存して
生きゆく人々との交流があり
会食があった
頬を赤くして人なつっこく笑む子供達
深く焼けた肌をあらわに
笑顔でふるまってくれた
馬乳酒やチーズやクッキーの数々
再来の日はないだろう人々の
面影がよぎる

天と地と風と共に生きるゲルの生活
長い歴史の流れの中に
悠然と生きる力強い人々の営みをみた
モンゴルの風は私の心の中に
どっかりと居坐って
大きな力を与えてくれた

＊「第七回アジア詩人会議」の帰路　一九九九年八月
（団長秋谷豊氏）

モンゴルを後に

夕日の輝きが飛行機の翼を
ピンク色に反映させていた
機上の雲間からのぞく地上には
ウランバートルの灯が
ぽつぽつともり始めた
日暮れる夕靄に漂う
綿雲を蹴散らしながら
飛行機は帰路の日本へと向う
モンゴルでの七日間が

鮮やかに記憶の中に畳み込まれて
草丈が十糎程しか伸びない荒地
そこに野菊もエーデルワイスも
小さく咲き競っていた
愛くるしい頰の赤い子供達が
笑顔で迎えてくれた
牛馬の満ち足りた瞳があった
馬乳酒やチーズやクッキーを
ふるまってくれた人なつっこい
同じアジアの同胞は
大地に根づく力強さをもっていた

帰路の飛行機に揺られながら
厳しい大自然の中で
雄々しく生きゆく姿が
私の胸に大きく響くものを与えてくれた

モンゴルの灯は遠ざかり消えてゆく
日本を目指す轟音がひときわ
高くとどろいた

樹下の想い

やわらかな晩秋の木洩れ日の中
ドイツのゲーテハウスを訪れた
年月の経過した重厚な
机や椅子　また居間の調度品
数多くの品々に主を重ね合わせ
大文豪の写真に
圧倒されて外へ出た

近くの公園の
プラタナスの樹林の下で

ベンチに腰かける
多勢の人々が葉陰に憩っている
鳩がこぼれた食べ物を
ついばみながら集い跳ねる
年輪を重ねたこの樹林を
文豪ゲーテは
散策したのだろうか

時は移り人は変わっても
受けつがれてきたフランクフルトの地
白い皮膚をもつ太い体の人々が
ゆったり樹下に安らぐ
フランクフルトの日輪はゆるく回る
大文豪を生んだ昔日の
この地に佇んで深い霊気に酔う

古代ローマの霊気

緑に白をふりかけた色合いの
名を知らない木立ちが
窓外に広がる
遠く近く点在する
レンガ色の屋根の家々
枝垂れ柳の淡い若緑は
袂を振らせてそぞろに揺れる
ホテル・トゥスコラーナに静まる
四百年前に建築された
つつましく厳かな
枢機卿の住まう建物だったという

遠く灰色にかすむ緑の中
天と地の境界がぼやかされて
混沌とかすむ
音の無い空間
古代ローマの霊気が満ち溢れる

風鈴

俺の山河は美しかったかと
ＫＫ氏は人生歌を
ひょう　ひょうと歌い次ぐ
どんな山河を築いたかと
人の道のりを
山河に重ね合わせて歌う

山河に還る終わりの時
美しい山河を残して
去り行けるかと歌い終わった

悦びと哀しさの山や河
風に吹かれて
チリリン　チリリン
風鈴が鳴りつづける

トルコの町角で

熱気で溶けそうな舗道沿いに
土産物屋が並んでいる
曲り角の店先で
大柄な太ったトルコ人が
にこにこと愛想をふりまきながら

右手に一本
左手に一本の棒をもって
白いグニャグニャしたものを
空中で練り廻し
落ちそうになると
大仰な仕草で
腰をかがめて
白い物をからめとる
百リラを渡した人がいた
カップに盛り込まれたら
アイスクリームだった
連れの人が私の手に
一つ買って持たせてくれた

粘っこいアイスクリームだ
もちもちしていて甘い
ひんやりした冷たさに
サングラスの内（うち）の目が和（やわ）らいだ
アイスクリームを手品のように操って
売り手と買い手とで
楽しんでいた町角の小店

小声でハミングしながら
フフフン　フフフンと調子よく
白い物をこね廻し
道化て笑わせて暑さを吹きとばす

いくつかの夏がすぎて
あの日の暑気払いの達人は今も
あの町角で明るい愛想を
ふりまいているのだろうか
遠くの空の下で

詩集『鉄路に燃えた日は遠くに』（二〇〇六年）抄

Ⅰ　鉄路に燃えた日は遠くに

鉄路に燃えた日は遠くに

銀色に光る二本の平行線が
どこまでも伸びている
車輪にこすられて
摩滅してゆく鉄路
カーブのところでは悲鳴をあげて軋る
かつてこのレールについて
研究を続けていた男達がいた

「レールが減らないように
強い材料を使えば車輪がすり減り
車輪を強いものにすると
レールがすり減ってしまう
車輪とレールは追っかけごっこだよ」
「カーブのところのレールは五、六ケ月で
交換しているんだよ真夜中に」
気付かないところで
安全のための陰の働きを知ったのも
その頃のこと

夢の超特急と言われた時代
その実現に取り組んでいた男達の
熱い執念の日々があった
東京オリンピックに間に合うように
寝食を忘れるほどに
燃える熱気が漲っていた

ロングレールにしたら
夏は伸びて飴のようになるだろう
冬は寒さで縮むだろうと
試行錯誤の机上の計算と
実験につぐ実験の結果
ロングレールにして問題なしと
踏み切った英断の日があった

繋(つな)ぎ目をなくしたロングレール
今当然のように時速二百五十キロメートルで
突っ走る新幹線
快適に車輪は回ってゆき
鉄路はどこまでも平行に伸びて
光をはね返す
暑く熱く燃えた日は遠くに去った

入り日を見つめる男は
老いた眼をしばたたきながら
時にレールの断片を取り出し
孫達に語り継ぐ
「これ本物のレールだよね」
目を輝かせて撫で廻す男児達
鉄路に燃えた日は遥か
枯渇したエネルギーを
取り戻す術もなく

銀色のレールに奪われた日

地方の特産品の土産を携えて
やっと家に戻った主(あるじ)は
すぐにまた
東海方面へ 北陸方面へ
と出張していった

二本の平行に伸びる
光るレールに目も心も
奪われて

レールの繋ぎ目をなくし
ロングレールの試作と実験のため
国の鉄路のあるところ
東西南北へ
レール　レールと走っていた

超特急の走行可能を目指し
新幹線が導入されるまで
綿密な計器を使って
ロングレールの実験は
色々な箇所で試された
「ほら此処だよ
　ロングレールにしたところ
　ガッタン　ゴットン
と言わないだろう」
夏の暑い日
休暇のとれた主は
家族旅行でも
仕事の成果を語った

汗を流した長い年月を経て
それぞれのチームの英知が
結集された
試運転の日がやってきた

昭和三十七年の秋
空気抵抗を避けるための
流線型の新幹線は
係わった人や　その家族を乗せて
鴨宮と横浜間を

時速二百キロで突っ走った
「おお」とどよめきの瞬間の後
大きな喚声が湧き上った

知らない土地で
主のいない不安に怯えていた妻
あの若かった日々は
この成功への道程であったのだ
そう気付いたのは
後年主が職を退いて
老いの影が仄かになってから

さまざまな種類のレールの
断片の包みをほどき
孫達に語り継いでいる
仕事を成し終えた身辺に
秋の風がさわさわ鳴っている

朝星　夜星

芒の穂が揺れなびく北陸自動車道を
バスツアーの車は
金沢を目指してひた走る
糸魚川のインターの標識が見えた
「此処　此処　大糸線の南線と北線が
結ばれることになり
真那板トンネルが作られたんだよ
トンネル内は寒暖の差が少ないからと
ロングレールの実験線に
一番初めに選ばれたところ
此処まで東京からよく来たものだった」
彼は走り去る山並みを見つめ

当時に思いを馳せる

「辺りはまだ暗闇で
星だけが輝いていた早朝
宿舎のおばさんからの弁当を提げて
トンネル内に入り
カンテラの灯でレールの圧接をする
そのレールを機械で引っ張ろう
としても動かない
計算上では動く筈だったが
現場では様々な抵抗が加わるんだ
試行錯誤の毎日だった
仕事を終えてトンネルを出ると
夜の星がキラキラ瞬いていた」

「いつしか朝星夜星の
合言葉ができた
〝この実験を成功させなくては〟
〝東京オリンピックまでに新幹線を〟
二十代後半　三十代前半の若者九人
一致団結して夢中だった」
一日中暗いトンネル内で
若い男達の意地が
赤々と燃えていたという

バスの轟音で聞きとりにくい声を
聞き洩らさないように耳をそばだてる
彼の留守がちだった往時
それを理解できなかった私
約半世紀も前のことになってしまった
初秋の陽の中で
熱いものが頻(しき)りにこみ上げた

光町の由来

国分寺市平兵衛新田
古風な地名のところに
国鉄技術研究所という
看板が掲げられていた

黒松赤松が高みで
ざわざわとそよいでいた
白い端正な建物の中で男達は
夢の超特急の実現に向けて
日夜研究を続けていった
それぞれのチームが全力投入し
完成された結晶の
新幹線第一号

ひかり号が誕生した
その由来によって
国分寺市光町と改名された

男達の燃えた一途の執念が
地名を変えていった
あの日から四十年の年月が
疾風のように通りぬけていった
「みんな若かったから出来たんだねー」
遠くを見つめる眼差しの中に
情熱をたぎらせた
過ぎた日々が廻って
薄くなった頭髪が年輪を語っている

レールのつぶやき

銀色にめっきされた大小のレールの断片
「これいいだろう
　これ凄いだろう
これがどこどこのレール
　これが……」
手でかざし眺めすかしていた
クロームで覆った約七ミリ厚さのレールを
休日のたびに
木板上に並び替えては留めて
遂に壁飾りにしてしまった
金属の塊の陳列に
首をかしげた女人(ひと)
二人の女児はお手玉遊びに余念がなく

男の喜ぶ声に「分からない」
と興味を示さなかった

少しの間　居間に飾られた後
レールは取りはずされてしまい
男の部屋で息をひそめた
何年も秘められたまま
銀色のレールは忘れ去られていった

長い年月がたった
ある日の電話
子供が電車が好きでプラレールを
並べて遊び
線路のところへ連れていくと
じーっと電車を見つめ
また次の電車を待って
眺め続ける子供の話

孫に会いに行く日
男は「あれを持って行こう」
忘れられていた大切な
銀色のレールを車に積み込んだ
孫の前で包みをあけると
「これ本物のレール！」と目を輝かせた
「そうだよ　おじいちゃんの
　お仕事だったんだよ」
その子の父親も
「あーこれは凄い！
　よくこれだけの種類が揃いましたねー」

男の顔がほころんだ
やっと価値を共有できる人がいた
得々とこれは何線のレールでと話せば
小さな手が本物のレールを撫でまわし
小さな男児の瞳が燃えた
こんな日がくる時を
長い間待っていたと
それぞれの種類のレールの
つぶやく声がした

花は見上げて眺めたい

そよ風に震える枝いっぱいに
薄い花びらが盛りこぼれ
ことしも桜は満開だ

病院の窓辺から
見沼田んぼを見渡せば
枝にたおやかな
桜の花が華やぎ賑わう

点滴の車を押しながら
あの花の下で外の風に吹かれたい
例年より花色が淡すぎるなどなど
病む夫の目に
花の満開はまぶし過ぎるようだ

六階の窓から桜花を
鳥瞰（ちょうかん）する花見となった
花は青い空を背景に
見上げて眺めた方がいとおしい
病む夫と少ない言葉が行き交う

桜花咲く道を通って

入院を経験したことのない人が
病院に閉じこもって
うつうつと日を暮らす

桜花咲く道を通って
孫達がどどっと病室へ入った
「おじいちゃん！」
「大丈夫？」
「おお来てくれたか」
一人一人に目をしばたたく
病室は狭いので談話室へ移動した
九歳から二十一歳までの六人の孫達が
輪になって並んだ
「みんな良い子に育ってよかった
　嬉しいねー」
病で弱気になった人の声がうるんだ
「泣いちゃだめ！」
茶目っ気で笑いとばそうとした

娘からさっとミニタオルが渡された
桜の花は例年と同じに
花びらを散らしはじめ
六階の病室の上まで舞い上がり
微風に乗って飛んでゆく
ひとひら　ひとひら

II　望郷

故里の空は古い歴史を呑み込んで

小高い山の頂に
妙見さまと呼ばれる
小さな祠があった

一気に登りつめて仰ぐ
故里の空は蒼く澄み切っていた
葉をふるい落とした
雑木の枝先が交叉して
ざわめき合いながら
昔の出来事を語りかけてくる

妙見山の上にある蒼く広がる
空は大きかった
小さな祠が百済様式に再建された時
妙見さまの由来を知った
白村江（はくすきのえ）の戦いで敗れた
百済人が渡来した頃
二十三人の僧尼が日の出町に移住して
百済の地形に似た山を
妙見山と名づけて
山頂に守護神として

妙見菩薩を祀ったと

故里の空は渡来人を包み込み
互いに異国文化を
吸収させ合いながら
里人も渡来人も
山への道を上り下りしたことだろう
百済の国を亡くした悲哀の胸に
遠い故郷の空を慕いながら
妙見山の上に広がる
高い空を仰いだことだろう

平井妙見宮に参詣して出陣した
武将の名も古い書物に記されている
今はのどかな故里の空の下に
かつては馬のひづめの音が轟き
鎧甲の武者の往き来もあったのだ

遥かな昔に息づく
歴史のひとこま　ひとこまを
故里の空はすべて呑み込んで
しずしずと蒼く広がっている

参照　東京新聞「平井妙見宮縁起稿」

Ⅲ　流離（さすらい）

秀太の口笛とメタセコイア

メタセコイアの巨木が林立する
別所沼公園
葉をふるい落として天に聳（そび）える
梢の先を

白雲がゆるゆると流れて行く

ジャングルジムの天辺で
フィルフィー　フィルフィー
やっと吹けるようになった幼児が
口笛を鳴らす
枝の間をくぐりぬけて音が渡る
視野の広がった高みに腰をかけて
風に吹かれながら
口笛を吹く子は一時（いっとき）の風の精

フィルフィー　フィルフィー
無心に鳴らす口笛の音に
遥か遠くへ去っていった　若い
光彩（ひかり）の日々がよみがえる
どこへ消えていったのか
どこへ無くしてしまったのか

あの流れる雲といっしょに

いのちがゆらめく

寒い風に吹かれて
白や赤い色の椿
侘助（わびすけ）が咲き始めた
小鳥が花びらの中へ頭を突っ込んで
ぱたぱた羽ばたきながら
蜜を吸っている
変わりなく花が咲く年々
幾つもの時代（とき）が通り抜けていった
「剣玉の剣に二回も入れたよ
　学校の休み時間に
　練習しているんだよ」
幼い児のはずんだ声がかん高い

剣玉を指南した主は
「よかったねえ」と声をはずませる
二人の声は椿の光った
葉面を渡って流れる

小鳥が飛び立った後の
枝先が激しく揺れた
大いなるものに
操(あやつ)られるようにして
この地に転居して
もはや五年がすぎた
以前(もと)の庭から運んで移植した
椿の花影に
運ばれるいのちがゆらめく

Ⅳ　彩られながら歩いて

つばさ

白い鳥がつばさを広げて
どんどん　どんどん
空の高みに上っていった
どんどん　どんどんと

高く上がって
小さくなって
見えなくなってしまった
白い鳥は空の高みの
どこへ消えていったのだろう
私にはつばさがない

白い鳥の行方を探す手だてもない
幾ら両手を
ばたばた振ってみても
とび上がることが出来ない

白い鳥の消えていった
空の高みを見つめていたら
こころの中につばさができた
空の果てには
白絹を着た
お父さんとお母さんが待っていたんだ
白い鳥は
その腕の中に
暖かく包まれるために消えていったのだ

春霞

沿道の桃の花が咲き
雪柳が小粒の白い花枝をふるわせ
花々の生命が息づく
季節がやってきた
西空に入り日が赤く
鮮やかに
生が紡がれてきた証の色

赤く丸い落日は
おぼろのうちに暮れていく
気温の上がった外気は爽快だ
天地に漲るこの息吹は
どこかの町角で出会った感触と

遠い記憶をたぐってみれば
流れる風に包まれて
生を支えた愛を奏でる
萌黄の春の足音だった

花の季節を幾度も迎え
落花の嘆きを何度も聴き
彼岸へ旅だった人の声を聞く
——白木蓮の蕾がふくらんだ——
——椿の侘助が咲き出した——
はらはら散りゆく白木蓮と
ぽとり花首を落とす朱色
生あった人々の慈しみが
ほのほのと
春霞の中へ溶けひろまる

V　雲海

羽生の丘

色付いた枯れ葉がコロコロ転がり
吹き寄せられる
ワークヒルズ羽生の日だまりに
世界の詩人が集まった

ルクセンブルクから
ガーナに
アルゼンチンから
カナダから
ニュージーランドに
オーストラリアから

海を越えて集まった
戦禍の巷をくぐりぬけて
また
亡命の疑惑をぬぐいながら
駆けつけた詩人もあり
世界の国々から
熱く詩を愛する人々が
羽生の丘に集まった

アジアの詩人は
中国語で
ハングルで
モンゴル語で
拳を振り上げて
天を歌い
地を踏み鳴らして
地を讃える
大仰な身振り手振りで
詩人の若い迫力がせまる

風そよぐ羽生の日だまりの丘に
世界の詩人が集まった
世界が縮小されて
平和な歌声となる
二十世紀末の晩秋のひと日
世界の詩人が空高く
朗々の声を残していった

註　詩人秋谷豊氏主催の世界詩人会議に参加して

五月晴れの空の下

枝先に小さな実をつけ始めた
高い梢のプラタナス
高く聳えるマロニエの樹も
枝先に淡いピンクの花束を開き
日本から続く広い空に
トルコを象徴するこれら喬木は
おおらかに豊かな枝をひろげる
その樹の下を
日本人やトルコ人やイスラム系の人々が
足早に通りすぎて行く
空高く翩翻（へんぽん）と翻（ひるがえ）る旗は
ホテルの脇に
トルコ国旗に日本国旗と
何ケ国もの旗が並んで立っていて
さわやかな風の中で
一様に風の向きになびいている

大きな樹林の伸び広がる葉を揺らし
大気は動いて青嵐をふりまく
いろいろの国旗がはためき
さまざまな人種の行き交う街
五月晴れの空の下を風が渡る

詩集『薫風の中へ融(と)けてゆく』（二〇〇七年）抄

Ⅰ　早春の鼓動

真正面の花

乾ききった荒野にも
断崖や岩山の
不毛の大地にも
まどうことなく
精一杯花びらをひろげて
一輪の朝鮮朝顔は澄んでいた
真正面を向いて咲く
オキーフの描く花のりりしさよ

まじり合わずに単純で
善と悪とが判然と分かれるように
曖昧さは皆無なオキーフの花
今まで見えていなかった花の虹彩(ひとみ)
見ていたと思い込んでいた
錯覚にたじろぐ

見つめ極めれば
そこに神秘があると――
クローズアップされた花の顔は
明快でシンプルと――
オキーフは花の本質を訴える
荒涼とした大地に生きる
一輪の花は　きっぱりと
真正面に向って咲いている

寒椿の朱に染まる

さらさらと小雪舞う北風の中
色鮮やかな寒椿が花びらを広げている
花弁の上に初雪を乗せ
重さに耐えながら花は満開だ

華やぎの朱色は緑の
葉面に鎮まって咲く
瞳を凝らして見とれれば
花芯の黄色い粒々は
頭を垂れて祈る人々の集りだ

マンハッタンの空に聳えた
摩天楼は今はない

呪われた日から再び銃声が轟き
摩天楼の下に埋もれた人々の悲痛の呻きが
黄色い花芯の中に重たく重なる

庭の一隅の定まった場所で
世のさまとは係りないように
寒椿は花びらを開く
小雪舞う北風の中
ひそかに朱色の命の灯を燃やす
鉛色の寒空の下寒椿の朱に染まる

荒野の人

危機が迫っていても
高い空を見上げるのみ
身悶えする程に追い求める平和な生活

その日は何時までもやってこない
澄明な無色の
優しさの空気の中だけに
じっとうずくまるのだ

追いつめられていても
奏でる音の懐しいひびきに
飢えたこころはかすかにほどけて
なみだの粒々が
蒸発していった
白い雲はその粒々の集合体
ただ高い空を仰ぎみて
時を待っている荒野の人よ

長い内戦の興亡の中
荒廃した茶褐色の地で
地に伏して祈り
世の不条理をどれ程嘆いたことか
長い髭をたくわえて
頭に布を巻いた人々の
映像が痛く胸に食い込む夜半の静まり

Ⅱ　少年と犬

早春の花

それぞれに花材の包みを開く音
「あら春の色!」
「この枝の曲がり面白いわ」
子供のように歓声があがり
ささやかないけ花教室に
やわらかい早春の日が差し込む

一人一人の頭の中では
花型の構想が練り始められる

トサミズキには小さなクリーム色の花がつき
枝先は芽吹きもない枯れ色だ
淡いピンクのガーベラに
薄紫のスターチスの花の取り合わせ
「これは雑木林に
　明るい花の顔をのぞかせて
　武蔵野の早春になりそうね」

もくもくと枝を切る音がとび
花の茎に鋏が入れられて
それぞれの個性が表現されていく
同じ花材でありながら
趣の異なった武蔵野がひろがる
枯れ色の雑木林に
彩りが添えられ華やいで
春を先取りした作品群が展開され
思い思いの早春が
今年も滞りなく巡っていく

Ⅲ　合歓（ねむ）の花

合歓の花

濡れてひかる舗道

見上げた上に
ほんわかと合歓の花が咲き満ちていた

綿毛のような繊毛の花の先に

露の玉が幾つもついて
くるっと回って花の先端（さき）から転げて
雨粒の一瞬のいのちがこぼれる

梅雨空の下　桃色の合歓の花がほわっと咲く
ひとときの間を

合歓の花のはかなげな優しさは
細い雨に打たれて凛と咲く

Ⅳ　薫風の中へ融（と）けてゆく少年

戻った平穏な日

椿の花が咲き始めると
風が暖くなってくる
芝生に横たわる柴犬は
こちらの所在を確かめるかのように
目を開けてはまた眠る
土埃を立てた春嵐に
驚いて前足を一本あげたが
また目を閉じてまどろむ

朝起きて身支度して学校へ行くという
当り前の平穏が突如破られたのは

正月を迎えた初旬
腹痛に耐えかねた少年の
明け方の手術となったのだ
両親は入院の準備のため
足早やに行き来する動きに
犬はおろおろと落ちつかない

一週間の入院がすみ退院した三日後
患部の化膿で転院して再度の入院
重い空気が家の内を圧したが
少年はベッドの上で明るくなって
こっちの病院は全部がプロだよと

一月から始った病気
四月になってようよう登校できた
少年は言う
神様が僕を強くするためにお腹を切ったり
三回も入院させたんだね

家庭に平穏が戻った
犬は元気になった少年に
まつわりついては
地面に横たわる

ひがん花

生け垣の間から
しのぶようなさまで
ひがん花が咲いた

夏休みが終って
一ケ月半ぶりに
もとの住処(すみか)に戻っていった

ささやかないけ花教室に
集った人々のことば
隣りの家が遠くへ引越されたと

ヨーロッパの城を描く著名な画家の一家
此処は変るはずはないと
誰もが思い込んでいた

六年前転居の別れを告げた時
お城の本に署名して
名残りにと手渡してくれた

広いアトリエのある庭を
今ブルドーザーが唸る
この地で係った五十年近い
年月が一気にとんでいった

今年も空にはいわし雲が浮かび
うつし世を流されていく
人の世の変転にめくるめく

五十年前に埋めた球根の
ひがん花が時季を違えずに
赤く赤くもえていた

墓畔

こんもりと茂る
森を背景に立ち並ぶ
先祖累代の墓石
高い木立にからんだ葛のつるが
高みで葉を光らせている

葉の合い間から
紫色の葛の花がちらほら
秋の陽ざしに包まれて咲き
墓前に供えた線香の煙が
ひとすじの線となって立ちのぼる

樫の大木にからまりついた
葛が汚れを掃き清めるように
蔓の先をゆっさゆっさと揺すり
親しかった人々の面影が
幻となって浮かんで消える

揺れる蔓の下でひがん花が
赤い花びらをそり返し
澄明な風に吹かれてなびく
墓畔に別れを惜しみながら
日暮れぬうちにと家路へ向かう

V　枯れ色を造化る

蒼い空の広さよ

紺碧色の空に
建物の尖塔が高く浮かび上がり
木立が空いっぱいに枝葉をかざせば
深い呼吸をして再び立ち上がる勇気が湧く

果てしない蒼穹に
尽きない夢を描き
希望という文字を書いて
空高く飛翔する鳥と舞った日

蒼い空には山が映える

泰然と居坐る山と空の大きさに
心打たれて人は佇まう
世界の上には何処にも同じ空が広がる

太古の頃から人は天を仰ぎ
跪いて祈り求めて
明日への望みをつないできた
高くて広い万人共通の空がある

幼い頃に見上げた青空も
年経て仰ぐ蒼空も
変ることなく人を包み込み
悲しみの涙を吸いあげた

地球を取り巻く深い空の色
洋々と続く海原や岩に砕ける白波の上にも
また民族の違う人々の家々の上にも
黙々と広がる慈しみの空がある

枯れ色を造化（いけ）る

秋風が野づらを渡る頃
とうもろこしは枯れ色になって
カラカラと鳴っていた

一本のとうもろこしを
手にとって眺めすかすと
葉をよじらせた曲線
ベージュのやわらかな色
思わず壺に収まっている青竹に
葉をかけたり
からませたりして造化てみる

廊下の一隅の見上げる高みで
枯れ色は翼をひろげて舞い上がり
リズミカルな風をおこし
軽やかな安らぎの場景となった

カラカラと鳴っていた葉は蘇り
新たな希望につながれた
緑濃い過ぎた日の勢いは去って
軽くなった肢体は
伸びやかに解き放たれて
秋色の宴をひらく
わたしも仲間になって人生の
朽ち葉色の語らいを始めよう

虹色の夢を乗せた故郷の駅

裏山に登って見渡せば
一面に原野が広がっていた
山際から白い煙を吐いて
蒸気機関車が走ってくる
幼い私は虹色の夢を乗せて
原野の中の駅舎を見つめた

夢ふくらむ汽車通学を始めた四ケ月後
下校時の鉄橋を走る汽車の窓辺に
光る玉が降ってきた　どんどんと
「機銃掃射だ」　大人が叫んだ
烈しい光と轟音が続いて止んだ

鉄橋上で停まってしまった汽車
「一輌目は陸地に着いているから急いで
二輌目から一輌目へ」　せかれるままに
一輌目へ入って息を呑んだ
助けを求める人・人・人・血の海
背を押されて
ホームのない草むらに転げ落ちた

誰もが無言で線路道を歩いた
乗降する駅に辿りつき家路に向かう
出迎えた祖母にかき抱かれ
こみ上げた涙を流したかの日は遥か

　故郷の駅は遠くにかすむ
祖父母も父母も夢幻に消え
原野には家が軒を連ね
汽車は電車に替わって久しい

夢ふくらませて乗った故郷の駅
四ケ月で砕かれた夢の断片(かけら)
私の故郷の駅舎は今もなお
原野の真ん中にあって白い煙を吐き
虹色に向かって走る汽車が行く
白昼夢の中で飽かずに幼い日の夢を紡ぐ

折々の景色をみつめれば

足の筋肉が衰えた病みあがりの人は
犬のリードを持って歩けば
多少は楽という
今日は二千歩　今日は三千歩
と歩みを慣らしていく

リュウノヒゲの茂みに
頭をもぐり込ませる

まわりの若緑は日毎に色濃くなり
バラの華やぎがしぼんで
梅雨に濡れたあじさいが
鮮やかに映えている
犬は小走りに鈴を鳴らして先を行く

静まった町並みの
折々の景色を掬いあげて見つめれば
去日の新聞で見た一文が光を放つ
「過去の追憶に人生の重心が移り始めた時
子供時代は一生に一度の残照となって
辺りを明るく染めあげる」*と

重い足を運びながら
残された命の狭間を一歩一歩運ぶ
二人の影法師が揺れる
犬はそしらぬ顔で

＊ 新聞に載っていた宝田茂樹氏のエッセーより

詩集『共に育んだ愛の日々は何処(いずこ)へ』(二〇〇七年)抄

紅葉

じっと顔を見つめます
そっと手を握ります
今年
金婚式を迎えたふたり

病を得た人の微熱が続きます
掌で体温の凡そが分かり
顔色で今日の
体調を知ります

寝ている訳でもなく
そぞろの散策もでき
紅葉した
高みの梢を
ふたりで見上げます

花の時に花を見ず
色づいた紅葉に
目を奪われます
散り際の美しさ
人もあのようでありたいと

うんと頷いてゆるゆると
小春日和の中に
融けてゆきます
余命半年との告知が
胸にどすんと居坐ったまま

錦繡柿

紅葉した一枚一枚の葉が
均等に夕日色です
錦のあでやかな葉の色から
命名されたとカタログで知り
取り寄せた柿の苗木

この地に転居した年に
私共も此処(ここ)に根付きますようにと
願いを込めて植えました

あの日から六年がたち
「柿が小さな実をつけてるよ」
はずんだ元気な頃の夫の声

日ごとに大きくなる実を数え
色づいた頃には
十二個が見つかりました

浦和の庭にも柿が実った
こんもりした形の大きな
甘柿を味わう喜び
「来年は倍の二十四個は生(な)りますね
　来年の柿も必ず食べましょう」
病んだ夫に希望をつなげると
意気込んで勿論と応じたものの
荒い息づかいの不安が伝わります

深まりゆく秋の陽射しの中で
錦繡の葉は
茜一色に染まってゆきました
見事な葉色に息をのみ

散りゆくまでの幾日か
目を見張り眺めた
安らいだふたりの夕日色

残照

ひそやかに寄り添ってくる老い
病知らずの頃
老いは遠い地平線の彼方で
ほのかにゆらめいているものだった

安らいでいた　ある日突然に
老いは胸ぐらをわしづかみにして
不治の病を押しつけてきた

呼吸困難にあえいだ夫の体
救急車の中で意識が薄れ
以来酸素を吸入する日々となった
足音を忍ばせて
寿命という定めの方向へ
ゆるゆると運ばれてしまう気配
運命の歯車がきしみ始めて
不穏な空気が廻る

限りある生を凝視(みつめ)ます
入り日の残照の輝きのように
辺りを照らしながら
音もなく異次元へと行くのでしょうか

誰もが通ってゆかれた道程を
遥かに偲びながら
残照をより赤々と燃やすため
傍らで仄かな助力をして

付き添うしか術もなしに

花咲く道をゆく

青い空を背景に
花水木の白やピンクの花々が咲き競い
歩道沿いには
真紅のツツジの群れが
咲き満つる道をそぞろに歩む

「美しいねー」
「何時(いつ)の日か花盛りの道を手をつなぎ
毎日散策したこと
よい思い出話になりますね」
私はふいと口をつぐみます
そんな思い出話を
何時何処(どこ)でできるというのでしょうか

命の日時が刻まれていく今日明日
夫の弱った体は何時までとの保証もなく
「覚悟しておかれたほうが」
T医師の言葉の重みに
幾日経(た)っても整理できかねています

つまずかないように夫の手をとり
毎日がなんと濃密な時間でありましょう
互いに慌ただしく過ごしていた日々は
遥かに遠退いて
傍らを離れることのない朝な夕な
静かなふたりの日暮らし

新緑を渡る風はふたりの頬を吹きぬけ
花びらを散らして過ぎてゆく

烈しい息づかいを見守りながら
心通わせ合い
花咲く道をゆく

季節の移ろい

都心のきらめきや轟音
人々の賑わう声・声・声
足早に過ぎる靴の音
みんな遠くへ去っていったもの
喧噪の街は私たちの過去として
扉の内に押し込められた
青嵐が目に心地よく
季節の移ろいが耳元に囁く
「花の時は終わった」と

病に冒された夫と共に
静かに暮らしている
豊かな自然に癒やされるままに

初夏の青空に
欅の大木が枝をかざしている
忙殺されていた時間の狭間には
見えなかった充足感が
二人の間にひたひたと押し寄せる

限りある命の間を
夫と共に歩める余裕(ゆとり)
緑の日差しの下を
ゆっくり　ゆっくり
一歩一歩を確かめながら
ゆるやかな時の流れに乗って

充実した日が暮れてゆく
ああ何と美しい大気の中に
抱かれてあったことか
病気であっても
このままが永続しますように
虚空を仰ぎみる

ゆるやかな時が流れる

緑の風が強い日
夫と二人茶をすする
葉の茂った花水木が
振り袖を翻すように
枝葉を揺らし
やわらかな日差しが
葉面を照らす

「今日は風が強いねー」
「緑が生きもののようだねー」
たわいない会話が流れる
これで十分だ
安らいだ静まった空間

病を持つ夫の傍らを
離れることはできない
家の中と
近くを散策するだけ
それで満ち足りた一日一日

夫と二人の未(いま)だかつてない
密着した時間が
ゆるゆると流れていく
風の肌触り

風の音
風の囁き
ああなんという爽やかさだ

神様がくださった
静まった暮らし
貴重な時間の贈りもの
風が吹きぬけていく
緑に埋もれたかぐわしさに
包み込まれた二人が在(い)る

無事を確かめながら

カーテンをふくらませて
風が吹きぬける
深緑の葉が揺れる

病身の夫の傍らで
世との接触を控えたまま
家の中に籠もる日々
今日も時は流れてゆく

夫と共に風の囁く声を聴き
一日の無事を確かめながら
昼に
通り来た二人の
隙間を埋めるように
互いの言葉をのせる

滑りゆく安らいだ時間
真実(ほんとう)に生きている実感
葉裏を見せてそよぐ木々
真紅に咲くバラの花
いつもと変わることのない

移ろいの時節を見つめながら
一日一日が貴重になった日々
明日に　また希望の灯をつなげながら
夫の寝顔をのぞき込む
酸素マスクの中から
かすかに寝息が洩れる
無事に通されてある命のあいだ
大いなるものの息吹に包まれる

花園

椿の花が散り果てれば
紅い蔓バラが燃え
白い野バラの繚乱があり
続いて青やピンクの紫陽花が色づき

ホタルブクロが赤紫色の筒状の花を提げ
はまゆうが長い茎を伸ばして
ピンクの蕾をほどく

次々と鮮やかに花咲きこぼれ
華やぎ　彩り　これが花園
露に濡れ
陽に輝き
花はそよ風に楚々と揺れる

病に冒された夫と
この花園で安らぎ
この花園で愛を育む日々
巡りゆく季節の色どり
一日一日の今を生き
一日一日が天の国かと見まがう
色とりどりの花に囲まれて

ああ今日も豊かな時が廻る

一瞬の錯覚を信じよう

水槽内のトンネルの道をゆくと
ペンギンが空を泳いでいる
一瞬の錯覚
大きな水族館内の映像だ

私も逆さまに見てみよう
病身の夫が元気一杯のさまを――
咳き込む夫が咳を忘れたさまを――
いくら
一瞬の錯覚を願っても無理なのか
それでも諦めないで

さかさまに見つめよう
一瞬の錯覚を信じきろう
今日も強い陽射しが
まばゆく輝いている七月の空の下

夕映え

入り日が赤々と窓辺の向こう
辺り一面を染めて
照り映えている
病んで息苦しい夫の背を
さすりながら
見とれる壮大な夕映え
私たちの入り日もあのように

辺りを暖かく染めていきたい
没するまでの束の間を
精一杯に輝かせて

ああ大いなる天地の
赤い絵模様が
徐々に閉じられていく瞬間に
目を奪われて

霧の中

あの家も
この家も
一面の霧の中
仄かな茫とした世界

霧の早朝の庭に佇めば
大いなるものに包み込まれてある気配
時だけがゆるやかに流れている
ぼんやりとした中で
生かされてある穏やかさ

一面の霧の中にいて

足許に咲く花

花々がさんざめき合う
若さの華やぎ
時に心うらぶれて
街路を辿った日もあったけれど

遠く隔たれた花の時期(とき)を振り返れば

色とりどりに咲いた
花あるときに
花に気付かず通り過ぎてしまった歎き

時を重ねてきてみれば
花は何時の時期でも咲いていた
足許に咲く花を振り向かなかっただけ

病む夫の傍らを離れることなく
二人の密着した日暮らしの中
一日一日の貴重な花が咲きこぼれる

見失うことのないように
ひとひら　ひとひら　を
掬(すく)い上げていとおしみながら

パルスオキシメーター

指に挟めば数値が表れ
血液中の酸素の量が計れる小さな器具
息苦しくなると70台の数値
酸素ボンベから酸素の量を上げると
数値は90台になって楽になります

日夜パルスオキシメーターの数値に
左右されている二人です
夜半の呼吸困難に
何回も起き上がってあえぐ夫(ひと)
急ぎ酸素量を上げて
背中をさする私

パルスオキシメーターが嫌いになりました
数値に振り廻される日々夜な夜な
計器の数値に頼る夫の姿が悲しい
呼吸すれば大気が体内に入り出ていく
当然と思えていた過ぎた康(やす)らかな日は消え
肺の故障で酸素不足になりました

パルスオキシメーターは
確かな数値を表します
その数字に心動かされる毎日
この小さな器具が嫌いになりました
肺機能の復活は不治と知りつつ
奇跡を念ずる日々にあって

白砂を踏んだ日は遥か

ダイヤモンドヘッドの山頂を望みながら
手をつなぎ
白砂の上を何処までも歩き続けた二人
ゴム草履の下では
サック　サック　と砂が鳴っていた

高い椰子の木立を渡って
小鳥がピュッ　ピュッと飛び交い
木漏れ日がゆらゆら揺れて
葉陰から青い空が覗いて
安らいだ風が時を忘れさせた

白砂を踏みしめた三年前のかの日は

遥かな遠くにかげろうばかり
不治の病に冒された夫は
再び旅に出る体力をもたない
「今一度
　あの白い浜辺を歩きましょうね」
「ああ白い砂の上を君の手をとり……
　歩き続けて……
　海鳴りを聞こう」
これが言葉の遊びに過ぎないことを
暗黙のうちに承知している二人の語らい

時は無常に過ぎてゆく
白砂の煌（きら）めきはキラキラと
二人の脳裏にまばゆくひかる
せめて夢の中で
二人の足跡を白砂の上に描き留めよう
遠く紺碧に静まる水平線を見つめながら

ワシントンモニュメントの芝の上

筋力失せ痩せ衰えて
肩幅も狭くなってしまった人は
生きる意力も失っている
手を結び無言で目を合わせる
生を諦めた目の色に
励ましの希望を語るのは
もう止めよう

鼻腔から吸う酸素量は
ふえてゆくばかり
呼吸困難で話すごとに
息が切れて苦しいと

かつての日
ワシントンモニュメントの芝の上を
走り出した夫の姿
廻りの者も追うように走り出し
それから大きな輪になって手をつなぎ
ユーアーマイサンシャインと歌い始め
みんなの大合唱は大空に轟いていった

あの日の燃えた瞳
あの旺盛な行動力
あの時の喜びを
後日幾度も語っていた夫
みんなみんな遠くの物語となって
消え失せていく

遠くから谺(こだま)が囁いた

泣いても
悲しんでも
すべてひと夜の夢だった

日が昇り
日が暮れてゆく
夫を亡くした胸に
見える景色も
虚(うつ)ろに映るばかり

しんしんと空気が鳴り
夫の呼ぶ声もなく
棺の中で目を閉じて

動かない人となって

今一度
目を開いて！
今一度
名を呼んで！
懇願しても
しんみりと目を瞑(つむ)り
口を結んで呼ぶ声もない

夫との五十余年は
夢を見ていたのだよ
遠くから谺が囁いた

永眠

健やかな頃と見まがうような
顔色をして
真上を向いて
静かに目を閉じています

病苦から解放されて
伸び伸びと安らぐ棺の中
実直な八十年を生きた夫(ひと)
だから起こさないでおきましょう

あなたは死んでしまった
心は動転し
世界が一変したような部屋の中

そこに端整な表情で寝ています

ああ
共に育んだ愛の日々は何処へ
飛んでいってしまったのか
寄る辺をなくした空ろな眼差しで
虚空を見つめて立ちすくみます

眠る人の傍らに

健やかな顔色だから再び
眠りから覚めると信じ
私は白い布をかぶせません

眠れないままの深夜
隣に眠るひとに
思いのたけを話します

勤務からほどかれた後の
二人の人生をもう少しゆるゆると
堪能したかったですね等々

応えることのない夫(ひと)の両頬を
左右の掌で挟んでいとしみ
しきりに返事を待ち望みます

掌に伝わる
氷のような冷たさ
もうあなたの血液は巡っていない

棺の傍らに並べた布団に蹲(うずくま)った三晩
夫の棺が運び出されてしまったあと
如何に生きゆけるかと青息の淵に沈む

詩集『花吹雪』（二〇一〇年）抄

Ⅰ　石を撫でていれば

石を撫でていれば

道端の
大きな石を撫でまわす
散策の途次息切れして腰を下ろした石
あなたの息遣いまでが聞こえてくるようだ
空を見上げるとあの日のような雲が去来する
彼の人は雲のように流れ流れて
消えてしまった
この石に坐っていたのは幻だったのか

嗚咽をこらえて
石を撫でていれば
あなたは戻ってきてくれますか

彼の人の真似をして
石に腰かけてみる
それでもあなたの微笑みはありはしない
風がそおっと囁くように
人生の不条理を知らせて吹きぬけてゆき
虚しく私の胸はほころびてゆく

花便りの頃

ろうそくに灯をともし
線香を立てて
遺影を見つめて語りかけます

急いで彼岸に行ってしまいましたね
暖かくなったらまた散策しましょう
二人で約束していたけれど
叶うこともなく異界へと直行して

暖かくなって花便りが聞かれる頃となり
異次元のひとと一緒に
お花見は無理なことと
洩(も)らすため息の下では
蕾をほどき始めた桜花は哀し過ぎます

ろうそくの灯がゆらめくのは
あなたの話す息遣いであるかと——
この世からあの世に移るのは
一瞬の出来ごとでありました
彼の人はもういないのです

花吹雪

ふたりで見上げて眺めた桜花
今年は花がまぶしすぎ
俯いてひとり行く花の下
忽然と逝ってしまったひとよ

桜花が乱舞して
散り敷かれた花のじゅうたん
命を散らしていった
あなたの花びらの化身は何処に

しきりに吹雪く花の色
憂いに沈む身に
振りかかるひとひらひとひら

妖女となって舞い踊ろうか

あなたも舞い落ちる花びらと
あどけなく戯れて
花びらを受け止めようと掌を差し出して
左に右に揺れている

桜花の色香に酔い
あの世とこの世の狭間で
花の宴を繰り広げよう
流れる涙は流れるままにして

一面に散り敷かれた花の波
年々変ることなく花は舞う
あの声を聞くことも叶わず
あの笑顔も見えず花は無心に吹雪く

長い夢を見ていたのだよ
すべてが幻だったのだよ
風に流されて飛ぶ花びらは
耳元に言い寄りながら飛んでいく

初夏の空の下

穂咲きナナカマドの
白い花房がほどけ
目を覚ますような
黄色い美女柳が花芯を伸ばす
白い花と黄色い花は
遠い遥かな記憶を呼び戻した

ナナカマドと美女柳の枝を手に
眺めすかして鋏を入れ

壺に収めていた
少女の後姿が
閉ざされていた
古い記憶の底から這いのぼる

初夏の道すがら見た
白と黄色の花が咲き乱れる様(さま)に
あの少女の日から巡った歳月は
ほんの瞬時と思えるのに
花枝を揺らす風が
一気に何十年かを運び去っていた

花咲く時を共に眺めた夫(ひと)は
後裔に命を繋ぎその成長を
見届けるようにして逝ってしまった
ナナカマドが咲いた
美女柳が咲いたと

昔日の記憶を手繰り寄せても
寂寞を伴なった風が空しく吹き迫るだけ

花は年々
変りなく花を咲かせるが――
深緑のあわいから
ため息の洩れるかすかな音色
初夏の空の下
憂いの時が廻ってゆく

Ⅱ　寒風

クイッケーと啼く

裸木になったエゴの木の梢

連れの鳥を恋い慕う呼び声
クイッケー　クイッケー
一羽の鳥が必死に啼き叫んでいるけれど
応じる鳥の姿はもはや無い

寒風が鳥の頭頂部の毛を掻き乱す
鳥は寒さなど頓着なく
クイッケー　クイッケー

連れの鳥はもういないのに
クイッケー　クイッケー
声が嗄(しわが)れる
寂しみの啼き声は一際高く
虚空に鳴りひびくだけ

何時まで待っても
何時まで啼き苦しんでも
帰る当てのないものを
それでも懲りずに倦きずに
声をふりしぼって啼き
連れの鳥の出現を待ち望む

たった一羽になってしまった鳥よ
連れの鳥はあの山肌に倒れて息絶えたのに
それを受け入れられずに
クイッケー　クイッケー
エゴの木の高い梢で啼き続ける
寒さの風募る中　一羽の鳥の姿よ

呻く

ウオーと呻いた声は
地中に潜り込んでゆき

その呻きは再び
地上に舞い戻り襲ってくる

呻いても詮方無いと知りながら
呻くしか方法もなく
胸のうちへ向って
ウオーウオーと叫ぶ

主は異界へと去っていった
思いの詰まった武蔵小金井も遥か
呻くことしか出来ない野獣と化し
ウオーと吐く気力も弱り果てて

見上げれば
去年と変らない高い秋の空
狼のように吠えられたなら
気楽になれるだろう

何処へ向って吠えるのか
あの秋の空に向えばよいのだろうか

私の胸の扉の内側には常に
ウオーと吠えたいものが居坐る
去日もウオーと吠え
今日もウオーと吠え叫ぶもの
胸の奥に深く畳み込まれて
狂いながら呻吟する日暮らし
去来する雲は鷹揚に流れ飛んでゆく

Ⅲ　心を春に添えて

散り葉

赤々と陽に輝き
黄色く陽を浴びて
人々の目を奪った眺め
束の間を必死に煌き
いのち果てる最後の瞬間
自らの力で葉をふるわせて
葉を落としていくのか
はたまた壊れていくのか

燃えさかっていたいのちは
一陣の風に吹かれ
風のまにまに散らばり
はなればなれとなり
寒さの風に吹かれて
また町角に吹き溜る

黄葉も赤葉も
燃えていた熱い日々を
カサコソと語り合い
温め合って
朽ちてゆく定めに鎮まり
萌芽の下の肥を覚える日

残り葉が二つ三つ
侘しく震えおののきを秘し
散りゆく日まで照り映える
年々の仕来りのようでいて
年々の異なる悲喜こもごもが綴られる

水瓶(みずがめ)

水瓶の水を新しく入れ替えれば
赤い金魚が尾鰭(おひれ)を振って
すがすがしく遊泳していた日
共に眺めた人がいなくなったいま

大きな水瓶から
浮き草を取り出し
横向きになって死んだ金魚を眠らせ
瓶の水を滔々と流し去る
これで水瓶の使用を終りとしよう

雨水が入らないように
砂利の上に伏せ置く
もう水を替えることもない
すべて簡便にと始末する

伏せられた大きな水瓶は
かつて祖母や母が
豊かに水を湛えていたもの
私の手元にきてからは大作の花生けに
また活花(いけばな)展に華やいだ日も遥かに遠退いた

長い年月を経て愛用された水瓶は
玄関先に伏せられたまま
無言で世のなりゆきに水滴を流し
一人居の身に温もりの昔語りをする

最後の息

彼の人は
十八年三月五日〇時三十分
最後の息を引きとった

私の最後の息は
何年何月何日何時何分か
分かろう筈もない

生まれ出ずる時から
神に死の刻印を押されて
現世（うつしょ）に出てくるという

それならばと思う

残り少ない刻印の日までの
有限の日時を慮る

送られてくる吸気をふくらませ
呼気の時に全ての邪念を吐き出し
夕映えの黄金色を胸に収めよう

あるいは彩雲の色どり
紫にピンクがかった懐かしい
母の胎内で見た和（なご）み色を胸に

まだ神が私の肺腑へ息を吹き込み
強く生きゆけよと
背を押しているから跪くのです

詩集『通り抜けていった日』（二〇一一年）抄

アダムのりんご＊

亡骸が焼却炉に入れられて一時間半後
お骨（こつ）だけになってしまう非情さ
受け入れ難い心の芯がずきずきと疼く

肉体は骨だけになって現れた
骨壺に納め入れる大量のそれはまだ温かい
頭部に手を当てていとおしめば
ぬくもりが手の平を伝わってきて
強く生きゆけよと頻りに訴える

沢山の骨の中から
仏が坐して合掌する姿が現れた
崩れた箇所がなく完全な形は
珍しいことと係りの人が説いた
会葬者の間で
おお　おおと響（どよ）めきの声

残されてある者達への
威光の姿がまばゆくひかり
震える両の手を合わせる

＊　喉頭隆起。喉仏。西洋では「アダムのりんご」という（広辞苑より）

空を仰ぐ

大空を仰いだ日暮れ時
白とピンクの柔らかい色合いの雲が
悠然と東の方へ移動する

まるで天地がぐるぐる回っているようだ
深い秋空の高いところ
雲上から届いた言霊

それでいいんだ
それでいいんだ
すべて肯定して生きてゆけばよい

言い切る異界からの声
雲はひかり
雲は流れる

千変万化してあやなす雲の像
見上げ見とれ続けて
漲る大いなるものに呑まれてゆく

ひかり号は疾走する

京都への往復路ひかり号に乗る
レールの上を車輪はころがる
このレールを折ったり曲げたり
強度を試したりした亡き人
ロングレールへの研究に燃えた
人々への思いがふつふつと蘇る

実験に次ぐ実験
東京大阪間を何度も往復し
安全上の完全を確めるため頻繁の出張
挑んでいた若い勇者の群は何処
するりと擦り抜けていった過去の年月よ

無事を確認したレールの上を
車輪はまわる
多勢の人々を乗せて
ひかり号は疾走する
何十年も変ることなく——
変ったのは
あの頃の燃えた瞳の人がいないこと
異次元でひかり号よりも速く
宇宙を飛び交っているだろうか

通り抜けていったあの日々の輝き
親しげな眼差しで今も
見届けているような風の囁き
雲間から洩れる吐息
再び目と目を見合わせることもなく
虚ろな日々が車窓の景色を伴って
後へ後へと走り去ってゆく

詩集『花とひかり』(二〇一三年)抄

I

花水木の葉先からの滴り

前方にも後方にも
喧噪の足音はない
目に映るのは
憂いを帯びて秋雨に烟る花水木の
赤く染まった葉先の滴(しずく)
葉先から音もなく澄みきった水玉を落とす
赤々と燃える葉でありながら
その華やぎとは裏腹に

しっとり濡れて静もり
内に秘めた思いを囲って佇む

黙して鎮もって生い立ちつくす
燃えさかるえび茶色の赤い葉は
何も語ろうとはしない
過去の愁いが凝縮されていて
鮮やかな葉色の先端から
しきりに内なる滴をおとす

時は去りゆき
人も去っていった
変らずに佇む花水木の紅葉は
どのように紅く燃えようと
動ずることのない永遠に留まっている
滴はやがて軽やかに上昇し
ゆるやかに流れる白雲の中
天に留まり
多くの悲しみを吸いあげて
変幻自在に飛んでゆく

迎春花

廊下のコーナーに位置どり壺を置く
まず青竹を高く立ち入れ
パンパースグラスの穂先を天井近くまで
精一杯伸ばせばこころも伸びていく

ふわふわの白い綿の花
を飛ばすように点在させ
裏庭から棕櫚の大きな葉を抱え入れ
掌を左右に翳(かざ)すように挿していく

青々とした末広がりの棕櫚の扇形は
迎春の花材にふさわしい
大作の大枠が出来上がり
集中して活けていた手の業ながら
内なる萎縮が解きほぐされる

金銀の水引を太く束ねて
表面に垂れ下げ
三個のミニ奴凧を飛ばせば
迎春のデコレーションに華やぐ

活け上った創作の前に身を屈(かが)めると
胸に蹲っていたものが翼をつけて飛び去り
長い花との拘りを想い
幾度人の心を甦らせてきたことかと
見上げる高さの迎春花に跪く

蠟梅の花咲く

坂をあがって右に曲がる
そこが黄色く萌える蠟梅畑
真冬日の淡い陽がかげろい
辺りはまだ枯れ色にありながら
この一劃は既に春のあでやかさ

馥郁とした香気が飛び交い
春だ春だと舞い踊る
葉に先だって蠟細工の光沢を湛え
咲き乱れる花の宴

枝の先々まで黄色に染まる
甘酸っぱい香りに酔えば

ひとを亡くした愁いは空高くに吸いこまれ
　春は名のみの風の寒さや
早春賦が口からこぼれる

木から木へ　枝から枝へ
廻り廻って花を愛で
香りの中をさ迷えば
天空の遥かから新たに芽ぐむ
望みが育まれてくる予感

寒気にめげず蠟梅の花は咲く

花とひかり

ひかりが一直線に下りてきて
黄色い花をふくらませ
赤い花片をほどいていく

見上げれば交叉する枝々があやなすところ
木洩れ日が降り注ぎ
緑に萌える草叢が
風に揺らいで走るひかり

長雨の季節を後にして
和らぐ日差し
白い花芯をほころばせ
満面に笑みが広がる花の宴

ひかりは躍る
ひかりは耀く
この明るい陽を浴びて
ひとは厳しさを越えてゆかれると

花が香り
花が招く
花と共にあれば
ひとは悲しみに耐えてゆかれると

手を翳して
ひかりを仰ぐ
温かな日差しは変ることなく
常しなえに灌がれていた

いっぱいのひかりを受け
多くの花々に導かれ
豊かに育まれた花とのひと筋の道
やがて祈りとなっていく

夏椿（娑羅樹）

雨の日と陽射しの強い日が交差する頃
丸い蕾を解き純白の花びらを開く
柔らかい花の中央に
黄色い花蕊が密集する
繊細な白い花の清々しさ
程なく　花冠ごと散り落ちる短いいのち

静かな佇まいで咲く花の
直径は凡そ四、五センチくらいと小さく
気付かぬうちにぽとりと落ちる
夏椿の名を持ってはいるが
落葉樹なので葉色も淡く陽に透ける
別名娑羅の樹とも呼ばれ

茶庭や寺院に好まれる植栽だ
釈尊が涅槃に入った臥床の
四方に二本ずつあった娑羅樹
涅槃の際
東西南北の二樹が合体し
双樹となったと伝えられる

―娑羅双樹の花の色
盛者必衰の理をあらわす―
平曲の調べが杳とした彼方から轟き
双樹の栄枯が時空を弾けてゆく

年々私は夏椿の傍らで
落ちた白い花を掌に載せてみつめる
十年前
夏椿の苗木を植えた人はもはや世になく
うたかたの夢の続きを廻らせる
さわさわと　そよ風に揺れながら
世の先行きを訝るのか
楚々とした花を咲かせては
花冠を落として立ちつくす
娑羅樹よ

葡萄

暑い日盛りの間を縫うように
フェンスに蔓を絡ませた
葡萄の勢い
暗紫色の大粒の実が
大きな房となって垂れ下がる

ふわっと風が過ぎた日の会話を連れてきた
「葡萄を植えたいの」
「この狭い庭では無理だろう棚も必要だし」
「このフェンスに這わせればいいわ」

庭の片隅で根を張って
大きな葉がゆっさゆっさ揺れる
　実りを待たずに泉下に下った人よ
見事な巨峰が房を垂れました
啄んで味わえば甘酸っぱさが広がります
魂は此処に在ると言う
　見えない手にこの手を添えて
　一緒に捥ぎとりましょう
「旨い　植えてよかったね」
土の欠片を除けて僂い声が耳元に届く
暑い暑いと汗を拭いながらも

時節は確かな歩みを運んでいった
高くなった空は初秋の色を伴い
陽光は葡萄に更なる甘みを副えていく

泉下の人と静々と私語(ささめ)きながら
姿の見えた
あの日の語らいを繋いでいく

Ⅱ

花と児童

小学六年生が正座して待つ教室へ
室町時代に始まった日本の伝統文化
生花の歴史を話した後　実技に入る

花の包みをほどき
まっ白と頭を抱える児童達
そう　そのまっ白がいい
既成概念のない頭から生まれる傑作群

あえて基礎の花型法を省き
枝が倒れないための手法だけ伝える
年に一度の生花を楽しむには
自由闊達な創作が美を醸しだす
　空気中のカンバスに
お花でお絵描きしましょうね

ざわざわと独り言を言いながら
枝や花を取りあげる
徐々に生花に集中して静もる教室
鋏の鳴る音
張りつめた空気が漲る

児童の手がそれぞれ創作のひらめきを得
花材を構成してゆく

小半時もするとぽつぽつ
生け上がった手が挙がる
紅潮した顔が笑む
　此処に風が流れる間をあけましょうね
一寸手直しすると歓声があがる

自在な個性の発露
彩りの作品群は玄関に運ばれ
華やいだ空間が演出された

一ケ月過ぎた頃
児童からの礼状の束が届く
　難しかったけど楽しかった
また生花やってみたい　等々

花に魅了された文面の数々

今年も若いエネルギーを貰い受け
植物から発散されるフィトンチッドに
快く酔うことができ
ひと仕事の荷を下ろして
安堵する

Ⅲ

伊勢詣（もう）で来（く）（古事記より）

玉砂利を踏みしめ
右手の五十鈴川の流れに手を清める
幾年前のことであったろうか

連れも一緒に手を浸し
爽やかな顔面（おも）で微笑んだあのとき

変らない澄んだ水がさらさら流れ
あの日の連れだったひとは
水の流れと共に流れ流れて身罷り
新たな水の流れが
先へ先へと波音を立ててゆく

再び玉砂利を踏んでゆけば
大樹が鬱蒼と茂り
深緑の下を人々の歩む砂利の音
鎮まる厳かな神都
広く長い道を黙々と

常緑樹の茂みの中に灯を点すように
黄色い柑橘類の実が七、八個

色取りを添えて生（な）っている
古事記の中にあった箇所が頭を過る
「常世国に人を遣わし芳香を放ち続ける
　橘の実を持ち帰るよう命じた」と

命じられたのは多遅摩毛理（たじまもり）
その実を採り持ち帰ったが
垂仁天皇は崩御されていた
多遅摩毛理は分けて大后に献上
残りを御陵の入口に供え
「常世国の木の実を持って参上しました」
と叫び泣き息絶えた悲話のことがら

長い神域を言葉少なに歩んだ先に
古色蒼然と佇む社殿
柏手を打つ音が樹間を潜り抜け
荘厳さに包まれ清い正気の漲るなか
自ずから深々と頭を垂れる

原初を見つめて（古事記より）

林立するビル群
往来する轟音の響き
携帯電話のベルが追いかける
其等にするりと背を向け
過去世の方向にさ迷いはじめた

歩みを後向きに辿る道程
ひとり歩きだした神々の世界へ
知ることのなかった国の成り立ち
日本最古からの文書をひらく
ページを繰るごとに延々と続いてきた

この国の原初の姿
神々が成してきた長い道行
尊いいのちの流れが垣間見えてきた

天地が初めて発（あらわ）れたとき
大地は若く水に浮く脂のよう
海月（くらげ）のように漂っていて固まってなく
そこに神が成ってきたと

日本国の成り立ちや天皇の系譜を
稗田の阿礼が暗記し
それを太安万侶が編纂したとある

日本の国の遠い昔からの文書に浸れば
人の一代はほんの一点に過ぎなかった
悲喜こもごもを掻い潜り
次代に繋がれていく　いのちの連鎖
運ばれていく崇高なるものをみる

国生みのはじめ（古事記より）

地上世界が混沌としていた頃
高天原の神々から国生みを命じられた
伊耶那岐（いざなぎ）神（男神）伊耶那美（いざなみ）神（女神）
天と地を結ぶ「天の浮橋」に立ち
矛で「こおろ　こおろ」と海をかき混ぜ
滴り落ちた潮水が積もって島ができた

この島に降り立った二神
柱を互いに逆方向に回って交わった
「何と素晴らしい男でしょう」
女神の伊耶那美が先に声をかけた
それで国生みはうまくいかなかった

言葉には言霊という霊力が宿っている
重要な場面で言葉を違えると
悪い結果になるとの『古事記』の逸話
女性から先に声をかけると
縁起が悪いと説く

若い頃の心も体も成熟してない段階で
発達の早い女性から声をかけ
交わることを戒めていると話す
伊耶那岐を祀る伊弉諾（いざなぎ）神宮宮司
同神宮では国生みの神話に倣った
神話婚が行われていると
挙式の折　新郎新婦に
古事記に込められた意味を語る
ことを常としているという

伊耶那岐神と伊耶那美神の
国生み神話による
神話婚（兵庫県淡路市伊弉諾神宮）
それが今も続いている事実
日本歴史の認識を深めるばかり

国生み二神の永遠の離別（古事記より）

黄砂が空を覆って霞む陽光の下
出雲路をレンタカーでひた走る

目指すは黄泉比良坂（よもつひらさか）
看板があったので分り易い
矢印の通りに曲がり
山の中腹まで登ったところ

千引の大きな石が二個中小の石二個が並ぶ
現世と黄泉との境界
その場に来たと感慨深く石を摩りつつ
神代神話『古事記』の神蹟に額ずく

男神イザナギと女神イザナミの二神
高天原の神々から国生みを命じられ
先ず淡路島から始まり
次々と八つの島を生ませて成った大八島

火の神を産む時お産でイザナミが黄泉へ
妻を恋い慕って黄泉国を尋ねたイザナギ
女神は「殿内を覗かないで待っていて」と
待ちきれず殿内を見てしまった男神
目に入ったのは腐って蛆のわいた妻の姿
男神は恐ろしくなり逃げ還ろうとする
怒った女神は黄泉国の軍勢や
腐り蛆のわいた体を引きずり追いかける

男神は千引の石で黄泉比良坂を塞がれた
大石を挟んで二神は向き合い
イザナギは夫婦離別の呪文を唱えられた
以来女神イザナミは黄泉の大神
男神のイザナギは現世の大神と記される

葉を落とし尽くした雑木が空に交叉する
私も慕わしい人を尋ねたく訪れた比良坂
千引の石の此方が現世
彼方が黄泉国と思うのだが
同じ雑木林が続く山の肌
静まった山の小枝が擦れて
さやさやと音が鳴るばかり

詩集『私の少女時代は戦争だった』（二〇一五年）抄

I

戦争の始まり

教室は静まりかえっていた
いろいろの童話を読んでくださった先生
いつもとは違う先生の表情を
微妙に小学生の心は読みとった

おもむろに先生は口を開いた
日本は米英国との開戦を宣言したと
戦争と言っても小学四年生の頭では
どこか遠くの出来事かと深く理解できなかった

一九四一年（昭和十六年）十二月八日
教室の中には寒さがしのび寄っていた
休み時間
生徒達は口々に分らない戦争を語り合った
鉄砲で打ち合うのかね
飛行機で爆弾落とすんだよきっと

家へ帰るとラジオが勇ましい音楽を鳴らし
真珠湾を攻撃し
花々しい戦果をあげたと報道
人々を昂揚させ　万歳　万歳
日の丸の小旗を手に手に旗行列が行われた

敵国をやり込めた凄い日本
学校では友達同士
日本の国は強いんだ

敵国は滅ぼさなければならないと弾む会話

テレビはまだ無い時代のこと
毎朝の新聞は大々的に戦果を報道
ラジオは心奮い立つ音楽と共に
赫々たる戦果を報じていた

赤紙

早朝からラジオで高鳴る軍歌
周り中が戦争一色に染まっていった
一九四〇年代
何処其処の誰々さん
立派な体格だから甲種合格[*1]だったそうだ
大人の会話は専ら戦争の話題

あの青年に赤紙がきた
その隣りの青年にも
召集令状[*2]は淡赤色の紙
人々は赤紙がきたと口にした

赤紙を貰うのは名誉のことだった
貰った家へは「おめでとうございます
お国のために立派に戦ってください」
称揚の挨拶を交わし合っていた

次から次へと若人に赤紙が届いた
お国のためとの一途な心意気に燃えていた
胸を張って挙手の礼をする若人
その家の家族も誇らしく微笑んでいた
息子を送り出す
親の心中も計れない小学生だった頃

村や町々から何と多くの若人が
赤紙を有難く頂き
村をあげて　町をあげて
名誉なことと称えられ
歓呼の歌声に送られて
故郷を後にし　出征していった

＊1　甲種合格とは徴兵検査で第一級の合格順位
＊2　召集令状とは軍隊に呼び集めるための命令書

漸く届いた召集令状

赤紙が届けられたら名誉の家
お国のために働く若人を出した誇り
何時しか染み渡っていた人々の心情
赤紙が届かない家は世間に
申し訳ない思いを秘めた

ある日我が家に赤紙が届いた
これでやっと
人並みにお国にご奉公できる家になった
安堵した祖父母や父母の顔と顔

喜んだ筈の赤紙を前にして
祖父母の複雑な内情を垣間見た
お国に忠誠を尽くして欲しい
二十数年生きたこの人がどうか無事で
相反する二つの思いが交錯していると
じっと目を凝らしていた小学五年生

いよいよ出征めでたいことと
近隣の称賛を受ければ
毅然と挨拶を交わしていた祖父母

赤紙の知らせで都心で働いていた叔父が帰宅
離れ家に祖父母と叔父の三人が泊り
其処で何を語り合ったのだろうか
五里霧中の行く先の不安はなかったか
祖父母の顔も叔父の顔も出征兵士の家
ただその誇りに満ちていた

叔父を見送る人の群

軍服姿に身を固め
武運長久と書かれた襷をかけた叔父
見送りに集まった村の人々
姿勢をきりりと正して挙手の礼をした
　これからお国のために行って参ります
凛々しい叔父の姿が誇らしかった

庭からだらだらと坂を下って
大通りに出る人の群
行列は五日市線の駅まで長い道程を行く
叔父は緊張気味だ
幼い日から見馴れた山並を見やり
道端の草花を眺める
叔父の眼差しは悉くに
別れを告げているように見えた

日照る畑中の道
手に手に日の丸の小旗を打ち振り
……今ぞ出で立つ父祖の国
　勝たずば生きて帰らじと……
歌いながら人々が列をなして進む
戦いに征（ゆ）く兵士を見送る人の群

西から白煙を吐きながら汽車が来た

叔父は乗り込むと窓を開け
挙手の礼をしてから手を振り続けた
人々は武運長久を祈って万歳万歳と叫び
見えなくなるまで旗を振っていた
叔父を見た最後の姿であった

見送るまではあんなに元気だった人々
帰路の姿はひそやかに淋しかった
みんなの心の中に何故か知れない
はかなさのようなものが漂っていた
心の洞穴を知った小学生の
暑い暑い日であった

戦況激しい中次々届く赤紙

忠雄叔父が応召して一息ついた頃
年上の叔父にも召集令状が届く
妻子をおいて戦場へ向うのかと両親の訝る声

叔父の必要な荷物を運ぶため
父に連れられ蒲田の叔父の家へ
賑やかな繁華街に目を瞠り
叔父叔母の心中を推し量ることも出来ない
おかっぱ髪の小学生であった

叔母と幼児をおいて
荷物をまとめ三人で帰宅
祖父母は困惑を現すこともなく
お国のためだからと一言呟いた

その後年下の叔父達にも
矢継ぎ早やに届いた赤紙
ラジオも新聞も

赫々たる戦果を喧伝していた

鉄の物は何でも供出せよ
父は織物業で糸を染める大釜まで供出
その時の母の歎きの声が未だに耳に残る
織物業などの平和産業は行き場を失い
軍需産業の下請け工場へと変貌
勝つまでは一億一心火の玉と言葉だけ
上滑りしていた往時

次々と叔父達四人は戦場へ
父だけが家族を守る緊張した面持ち
老いた祖父母も黙々と働き
息子達の戦場での難儀を
心に刻んで耐え凌いでいたのか
固く結んだ口許がきりりとして

作文の提出を催促された理由

作文を何日までに提出との先生の言
叔父を見送った誇りと悲喜こもごもを
そんな衝動に突き動かされた

召集令状を受け取った父や母の面差し
祖父母の複雑な一瞬の躊躇（ためらい）
小学生の私はじっと見ていた
それらのすべてを書くことを心に決めた

書いても書いても終らない
先生に提出を催促される
「まだ書ききれません」
学校から帰れば書き続ける日々

先生は厳しい口調になっていった
「今日中に提出しなさい
間に合わなければ先生の家に持参すること」
走って帰宅して書いて書いて
夕方漸く書き終えて先生宅へ
綴方ノート一冊半の分量になっていた

受け取った先生は驚愕され
「こんなに書いていたのか
急がせて悪かったね」
小学五年生の肩の荷が下りた夕べ

先生の義姉様がうどんをご馳走して下さった
「田村はこんなに作文書いてたんだよ」
義姉様がまあっと驚いた笑顔
報われた思いとうどんの味が今もなお

外へ出ると暗闇が纏っていた
「送っていこうね」と先生
田圃の畔道をハミングしながら
先生の手が私の肩へかけられて
堅くなって物も言えないで
せっせと歩き自宅の坂の下で別れた

長い作文をガリ版刷りにして
クラス全員に配られた
程なくして先生は出征された
作品の提出を急がせた理由
この日が来るとの焦りがあったのだ

先生は学校から去り
二度と戻ることはなく
戦病死の報が伝えられた

Ⅱ

沖縄に散華した叔父

久方ぶりに叔父からの便り
沖縄へ配属されたと知らせてきた
　戦友と固く手を握り
　靖国の森で必ず逢おうと誓っていると
当時の私は小学生
　お国のため靖国の花*と散って下さい
平気でそんな手紙を送り得々としていた

叔父が沖縄で玉砕した報が届いた
祖母はお国のために戦ってくれたとひと言
祖父は口を一文字に閉じたまま

それから東京は焼野原
日本国は敗れた
みんな号泣し以後の不安が胸を塞いだ

叔父は二十代の若さで散華した
靖国の森に多くの戦友と共に眠る
多くの命を散らせたその犠牲の上に
国は敗れても日本国は残った

ひもじい暮らしに耐えて国は復興した
靖国の英霊に
永遠に敬意を捧げて瞑目する
国の為政者に告ぐ
名もない多くの若人が
ひたすらお国のためとの名目で
命を捧げた尊いみ霊の前に
謹んで祈りを献じて頂きたいものと

＊ 靖国の花とは靖国神社へ戦死者の誇りとして祀られること

Ⅲ

仏前の二つの写真

毎朝仏前に水とお茶とお線香を供え
手を合わす母の姿
田村家先祖の位牌の傍らに
父の弟である叔父
母の妹である叔母
二つの写真が並んで収まっていた

時を経て勇気を出して母に尋ねた
母は目を伏して話してくれた
二人は相思相愛の仲であったこと
叔父が無事帰還の折
婚約を整える手筈であったこと

叔父は戦死した
叔母はどれ程気落ちしたことか
何年待っても帰る宛のない日々
幾年か過ぎて人の勧めで嫁ぎ
第一子の出産の時産褥熱に冒された

見舞いにゆく度に母の口数が減り
憂いに沈む母の涙を見た
叔母の病気が厳しいのだと直感した
翌日学校へゆく電車の乗り換えの時
咄嗟に学校とは反対方向の電車に飛び乗った
友達は呆気にとられて見ていた

鞄を持った恰好で叔母の家へ
庭に立つ私の姿を母方の祖母が見つけ
急いで下りて来て「来てくれたのね」
祖母の胸に顔を埋めて泣いた
祖母は頭からべっ甲の櫛を抜き
私の髪を柔らかく梳いてくれた

叔母の臥所に近付いた
赤児は元気に手足を動かせていた
叔母にはもう気力も残されてはいなかった
言葉もなくぼんやり空（くう）を見る様子
ああ　叔母は弱り果てている
可愛がって貰った過去の情景がよぎる

数日後叔母は命果てた
母はせめてもとの願いを込め
天国で叔父と叔母を添わせていたのだった
二つの写真は笑顔で並んでいた
戦争のもたらした悲劇
二人の運命をそこなった戦争
という妖怪にたじろぐ

詩集『野ばらの変遷』（二〇一七年）抄

I

小鳥の飢え

駅からの道すがら
「もう蠟梅が見事に咲き出しましてねー」
「蠟梅は早春一番に咲き香りがよいですね」
「ところが花びらを小鳥が食べにくるのですよ」

花片を食べる小鳥のことを初めて知った日
寒さの中では虫もまだいない
飢える小鳥の食べ物の少ない時期
庭にひらりと飛来してくるのを
楽しみにしていたものだったが

寒椿の花の中へ嘴をつっ込み
蜜を吸っているとばかり思っていた
花びらが裂けたりしているのは
小鳥の空腹を満たした跡かと調べてみると
ひよどりや目白が食べるとあり得心する

玄関の傍に赤く萌える千両の実
赤色は寒さに縮む心身を力付けるが
年々のことながら
ある日忽然と赤い実の全てが無くなり
小鳥が啄んでいった後だけが残されて

小鳥がチッチッと鳴きながら枝から枝へ
軽やかに飛び交う姿に穏やかな日和があった
それが小鳥が餌を探していると知れば

現に戻される

今冬に見た難民の痩せ細った子供達の映像
この子達の飢えが満たされなければ
世の多くの飢えに
小鳥から飛躍して感慨一入となる

卯月（うづき）のもの思い

卯の花の匂う垣根に……遠い昔
肩組み合って歌った教育唱歌
白い小花の集りが卯の花と知った
新鮮な心の高まり
思わず口遊む心地よい陽気が訪れた
外へ出て庭椅子に凭れかかり
赤白黄色と見事に咲き誇った
チュウリップの花片が飛び散り
次いで蕾を解いた紫木蓮を見遣る

新緑を渡る風に心地よく吹かれているが
脳裡を過るのは再びの手術のこと
歯が頬に当って腫れた　後々のために
取り除いた方がよいと手術した
半年経ち傷が治ったから矯正のために
手術をする身となっている

できることなら入院を避けたい心裡
そう　体があるから
こんなことになってしまうのだ
いっそ魂だけになったなら
どれ程気軽に飛び惚けていられるだろうか

一方で夢見のことが思われた
怖い夢を見ていた時
はっと目覚め　夢だったと安堵した
宵闇の中の救いの数々

魂だけになったなら
怖い夢を無限に見続けることだろうか
その方が余程　辛苦なことと考えた

程よい気温に包まれて天を仰げば
　大いなるものの計らいの中に
　身を委ねてゆけばよい
とひびく厳かな声

卯月のそよろの風は病む私の頰を愛撫して
青葉若葉の上を吹き抜けてゆく

草原の白い花

喬木の芽吹きが風に揺れ
根方の若草が風になびき
ほどよい気温に包まれる

草原の続くその先
クローバーの群生があった
四つ葉のクローバーは幸福のしるし
四つ葉のものが見つかるだろうか
すぐに有ったと一茎を高く差し上げ
ほころんだ顔がゆらゆら和らぐ
澄んだ空気の心地よさ

草原を渡る風は
気弱くなった心身を愛撫し
　立ち上がりゆけよ
　立ち上がりゆけよ
ひそやかに応援を届ける真摯な声

クローバーはひらひらと葉を躍らせ
春の到来に萌えて萌えている
　あなたも燃えて燃えてゆけよ
励ます草原の白い花は生き張りを促す

透きとおった草原の空気の中
白い花を摘み花束にして持ち帰り
茶褐色の小瓶に活ければ
花は草原の爽やかな風景を漂わす

居間に草原の花が　そっと佇めば
広々とした緑の褥が目の前に広がり
自ずと空気が浄化され
深い呼吸に替わってゆく

生生化育への愕き

木々の若芽が青葉に移ろう頃
野菜の色々の苗を一本ずつ購入
唐辛子　ミニトマト　胡瓜　茄子　ゴーヤ
狭い庭のあちこちに穴を掘って埋める
確かな栽培方法も知らないままに

根付いた頃に配合肥料を施してみる
唐辛子には白い小五弁花が咲き
ミニトマト　胡瓜　ゴーヤには黄色い小花
淡い紫色の花をつけた茄子

それぞれ爽やかな朝露に濡れる

水遣りしていた暑い日暮れ刻
ふと根本を見て思わず絶叫
店売りの約三倍に大きく成長した
胡瓜が転がり生っていた
振り向けば茄子も大きな実をぶらりんとつけ
青い実が朱色に染まったミニトマト
間もなくゴーヤも唐辛子も成熟してゆく
収穫できる満足感が体中に広がる

栽培方法も知らない小さな庭に
根付いた苗の健気な姿
陽光を浴び
雨に打たれ
とうとう大きな実をつけた
大地の恵みを思い

生かされている私もこの中に在った
日々生生化育されていく宇宙の真実
大いなるものの働きに目を見張る

野ばらの変遷

故郷の平井川の岸辺に生い立った野ばらが
武蔵小金井の地に移植された
わき芽を挟み一途に上に伸ばし
ベランダの柱に上らせてから
庇に添って横に這わせた

根付いた野ばらの緑の茂みは五月の青空に
白い花を蔓枝一杯に咲かせた
故郷の岸辺に思いを馳せ年々咲き満ちた

終の栖処としていた家に娘から再々の電話
隣地が売り出されたから此方に来ないかと――
知人友人の多い地を離れられないと応じたが
熟慮の末　夫の英断で転居を決めた

四十三年間住んだ地を去るため
庭木のあれこれと野ばらも掘り起したが
少しの根
浦和の地に根付くかと危ぶまれたが
逞しく新芽を出し白い花の繚乱が空を飾った

転居して八年後の三月五日夫の逝去
待ち焦がれた五月になっても野ばらは咲かず
野ばらは枯れ果てた
あの白い花の繚乱は何処に
以来野ばらのない十年を経た

とある日　知己の樹木医*との対談
夫の旅立ちと枯れた野ばらの話に言及
「植物も人間が感じる以上に
様々な感覚があるのです
化学物質を出しながら互いに会話するのです
貴女の代りに貴女の大切な野ばらを
もしくはご主人も気にいっておられ
向うに持っていかれたかも知れませんね」と

ようよう得心できた
夫が大切な野ばらと共にあって
冥府で幸せならと感涙に咽ぶ
生きとし生けるものが通じ合う
そんな世界のある喜びを信じよう

＊　樹木医とは正岡明先生。正岡子規のお孫さん

葡萄の房

まだ幼い実であるけれど
ぶらりんと豊かに
幾つも　幾つも垂れ下がる　葡萄の房

澄明な緑色の粒々を数多く付け
そよ風に揺れなびく

葉がなびけば緑色の茎も揺れ
房も動揺し　おびえて　こらえて鎮まる

時に大きな風が吹いてくれば
更に大きな上下運動を繰り返し
吹かれるままに身をまかせ
同調して幸せっと叫ぶ

再び鎮まれば葡萄棚に坐したまま
動じる気配も見せず
どっしりと構えて垂れ下がる
甘く実るための葡萄の日々の生業（なりわい）

遠いペルシャ・カフカス地方の
原産地の故郷を偲びながら
暗紫色に成熟する日まで
陽に照らされ　雨に濡れ
葡萄は蔓ごと風に吹かれる

赤く灯る唐辛子

辺りが枯れ葉色になった頃

天から舞い降りたか
真赤な一本の唐辛子が凜と立つ

幾つもの実をつんつん天に向け訴える
自分を使えるレシピを考えてと
さっそく店内をウロウロうろつくと
小鯵の籠盛りの
青光りする魚と目が合った

帰宅後すぐにゼイゴと腸（わた）を取り
塩胡椒をふり小麦粉をまぶして
からりと揚げマリネ液にジュッと漬け込む

その中に薄く切った玉葱やピーマン
出番を待っていた赤唐辛子
種を除き細かく輪切りにしてたっぷり加える

小鯵のマリネの出来上がり
頭から尻尾まで食べられ
絶好のタンパクやカルシウムの補給源

白い玉葱の中に点々と灯を灯す
赤唐辛子は満足げに顔を綻ばせ
やったね　沢山使ってくれたねと言う

年の瀬に赤く耀く煌めき
枯れ葉色の回りをパッと明るく和ませて
命の在り処
望みの在り処を　赤く灯し続ける

Ⅱ

小径の想い

そぞろに小径をゆけば
寂しさが突き上げて堪え難く
多くの愛を受けた日が垣間見える
　からたちのそばで泣いたよ
　みんなみんな優しかったよ（白秋）

ぐるぐる巡る頭の中の想い
祖母に手を引かれた幼い日
家路を急いだ　宵闇なのに怖くなかった
祖母の温もりの手に繋がれてあったから

祖父が縁側で相馬焼きの大きな湯呑みを
両手に持ち茶を啜りながら
遠くの方を見遣る眼差しに
一瞬込み上げるものがあった
この年まで幾つもの辛苦を越えてきただろう
寡黙な祖父は語ったこともなかったが
穏やかに日暮らししていた遠い日
父母もあって夫もあって
これが何時までも続くと信じていた錯覚
年月と共に彼の人達は皆去ってしまった
再び逢うことも適わない次元を越えた世界へ

空の高みに白雲が浮かび
落葉樹の小枝が天にツンツンと伸び
そよ風に揺られて交叉する
風物は変ることなく癒しの気を送り届ける

死者の声を聴く

単調な潮騒のリズムに埋もれる
ざわざわ　ざわめく死者の声
　生きゆけよ
　生きゆけよ
波の合い間に呼びかけてくる

奇岩の林立するベトナムの岸辺
ハロン湾の波は静か
大型客船はかすかに揺れながら
海鳴りのする海路を滑る

波音高くなお語り継ぐ
　どうでもいいんだよ
　そのまんまに
　息を吸い込んで吐いていく
　考えることはしなくていいんだよ
　運ばれてゆけばいいんだよ　と

潮路を渡る海風と波の音は
私の肩の力を抜かせる
　そのまんまでいいんだよ
繰り返す死者からの声を聴く

靖国に額衝く

幾つもの電車を乗り継ぎ辿り着いた靖国の森
第69回平成27年7月13日～16日みたま祭り
との看板が目につく
子供達が列になって山車を引く小さな手

子供神輿も次々と担がれて賑う参道
年を重ねてやっと来られた靖国神社
叔父が沖縄に配属され戦友と
「靖国の森で逢おう」と誓い合っている
との古い手紙
「どうか靖国の花と散って下さい」と
返信した小学六年生の私
平和な日本となっていったが
何十年経っても胸の棘となっていた返信

拝殿前では数十人の婦人が列をなし
ねじり鉢巻　夏衣の尻を端折り白足袋姿で
「江戸芸のかっぽれ」が奉納されていた
昔日からの日本の伝統が息衝いていて麗しい
社前に額衝き

叔父のみ霊安かれと手を合わせる
七十年を疾うに過ぎた叔父との触れ合い
出征前夜祖父母と話し合っていた
叔父の神妙な面影が宿り
感極まって振り仰いだ空
あの当時と変らない白雲がゆく

平和な時代を享受している今
国のために身を捧げた
靖国に眠る多くのみ霊を胸に
如何程の感謝を捧げて
日々を生きているかと身を苛む

叔父と別れた日と同じ暑さの風が吹き抜け
大自然は粛々と四季を廻る
ただ一途に直向き（ひたむ）な心で散華した人々
さまざまな今昔の思いがよぎる

念願叶って漸く
叔父の眠る社殿に額衝けた安堵感
幾分軽くなった胸を抱いて颪に紛れる

友情

歳月は人を育てていった
黒いつめ衿の制服に身を包み
見上げる背丈　一途に前進する
未来を見遣るまなざし
国歌斉唱に始まる卒業式に厳粛さが漂う
祝辞を聞く時全員がさっと立ち上がる
規律正しくきびきびとした動作
　この学舎で学んだ誇りを胸に
　世の荒波を越えゆけよ　と言葉が結ばれた
ゆるやかに優しくＢＧＭが流れる

卒業式の数日前ハンドボール部の八人
引き籠もる友人を見舞ったという
　高校最後の卒業式だから出てこいよ
鬱を病む友人は立ち上がれない状態
親でも動かせなかった友人の
心の扉が開かれた奇蹟
卒業式に青白い顔の友人が出席
語ることのない君達の友情を
友人の母親の涙で知った

力強く校歌を大合唱して青春を謳歌
握った拳を右上から左下へ振り続けながら
応援団のかけ声と太鼓が鳴る
鬱を病む友の母親が声をあげて泣いた

泣き声は太鼓の音と歌声に
かき消されていった
男子校の卒業式は逞しい意志力をもっていた

若人が支えていく世界がほの見える
終りに全員肩組み合って歌う応援歌
おお　友情よ
おお　涙よ
おお　希望よ
巣立ちゆく君達の先に未来が待っている
参加した祖母の涙の訳を知るであろうか
正義に燃えた熱い若人の群よ羽搏いてゆけよ

遠い日の星語り

湯上りの肌寒い夜
祖母は夜空を仰いで言った
　あそこに三つ並んで光ってる星
　あれは三つ星と言うんだよ
祖母の指し示した指先の遠い彼方に
ひときわ輝いていた三つの星

寒さを逃れて家に入れば
囲炉裏の廻りに祖父母　父母弟妹四人と私
昔噺をしてくれる祖父の膝に
弟妹が競って手をおき
目を輝かせて聞き入った夜な夜な
火の上の鉄びんが湯気をあげていた

チロチロと赤い焔が燃え
薪のひび割れる音
ふるさとの円居の暖かさが
与えてくれた生きゆく力

あの情景が遠く仄かに浮かんで消える

竹林がサワサワと鳴る故郷の家の庭
祖母のあの夜の話が光って私を支えた幾十年
賑やかな家族の中で育ちながら
祖母と二人の会話が密やかに耳元に残る

あれは何十年前の星語りだろう
ひとり淋しく夜空を仰ぎ
見えない星を探し求めれば
あの夜の祖母の語らいが甦る

年経た今　しみじみと想う
孫達の胸に残るひと言を
言い送れてきただろうかと
星語りは　ささやかな優しさで
今も私の胸を焼く

弟よ

枯れ葉の舞い散る日に想う
弟よ　あなたは六月の陽照る日
急ぎ散り果ててしまった
病を得たがそれ程のことはないと聞いていたが

長寿の家系に生まれ
祖父も父も九十歳半ばまで生きた
弟よ　あなたも同じに生きゆくと信じていた
私の胸には長寿の家系という言葉が
収まっていたから

思えば戦後の困乱時
一億総動員必勝の信念から敗戦

日本の全ての人々が価値観の一大転換
暗中模索のさ中
父は戦前からの織物業を続けたいと願うが
弟の若い眸には先行く時代が見えていた

織物業を継がないと言い切る弟の言葉は
父の逆鱗に触れた
正座した弟は身動きもせず承知もしなかった
更なる激怒に父の声は大きく震えた
祖父母を交じえ家族中が見守る中
税理士への道を進むと言い放つ弟
父の悲嘆は大きく広がり
悄然と佇む姿が痛ましかった
弟はそのような父を見遣りながら
昼間は税理事務所で働き
夜学の道で国家試験を受けていった

弟を不安げに見ていた父の眼差し
ある日から己の意志を完全に折り
弟を盛り上げる方向へと転化
事務所の設立にも援助を惜しまず
順調に滑り出していった

かれこれ半世紀　無事に業務は回っていた
何時までも安泰であるものと
離れた故郷を懐かしみいた
二人の息子も税理士の資格を得たと
疾うに聞いていたが
道を譲るかのように弟は散り果てた

父と弟の往時の葛藤は戦前戦後の違和感か
激しい父の物言いと嘆き
正座した無言の弟

九人家族の恐怖に似た不安顔の面々
遠い昔の光景が目に映り迫り
今も熱く私の胸を焼く

父も弟も亡い世にあって
舞い散る枯れ葉を眺めている
時代の波に乗れなかった父の苦悩
未来に夢を繋いだ弟の強い意志

時代は生き物のように動き
次世代へと今も回っている
あの二人の葛藤が有っても無くても
時は自然と一定方向に向っている

二人の魂は和気あいあいと
あの世の風に吹かれながら
広い宇宙を翔び交っているに相違ない

偉大な絵画

窓枠が額縁となり
ピンクと灰色の綾なす空の色が
一枚の絵となり　刻々と移り変わる色模様

雄大な芸術を目の辺りにし
大いなる天に抱かれてある地球を想う
何処の国の人も
こんな凄い絵画を仰ぎみているのだと
そこには戦争などあってはならないと
安らぎの楽園が天上に具現した瞬間

変幻万化していく雲の色
ピンク色の雲が東へ流れ

ぼかされた灰色の雲が追いかけていく
窓枠に描かれた偉大な画面に眼を奪われる

思わず洩らす感嘆の声
窓辺から眺める開放感
洗われるまなこ
洗われるこころ

見える立体絵画
何かの暗示を与えているのか
生きて変幻する絵画が目前に映る

少しずつ　ほんの少しずつ
色は淡くなり次第に消えてゆく
暮色に染まってゆくまでのひととき
「お休みなさい」と夜の帳(とばり)に替ってゆく

優しい天の無言歌に見とれ
しんしんと深まりゆく暮色蒼然
壮大な絵画がゆるやかに閉じられてゆく

赤色の苺と白いミルク色

乳白色の湖に　赤く熟した苺の粒々
かすかに揺れる風情に見とれる

イザナギ・イザナミの男女一対の神が
脂のようにどろどろと漂っている潮を
天の沼矛でコオロ　コオロとかき混ぜ
滴り落ちて島が出来たと古事記に

日本国の始りを思いながら
乳白色の液体にメープルシロップを入れ

コオロ　コオロとかき混ぜる
島のように浮かぶ苺を得て
たまゆら　細波が　ゆらゆらと

苺スプーンで赤い実を潰す妙味
時の流れが止まった瞬間

戦争と戦後の食糧難の少女時代
こんなに緩りとした時も余裕（ゆとり）もなかった
過ぎた日を偲べば安らいだ現在が祈りとなる

真っ赤な色の苺をみつめれば
年輪を重ねた身に活力が湧き
どのような侘しさにも
どのような悲しみにも
耐えてゆかれると思いを巡らしながら一心に
白いミルクに浮かぶ赤い苺を潰す

突然にけたたましい着信音
　お母さん　お買物に三時三十分出発ね
隣家の娘からのメール
急に現実に引き戻された意識の流れ

そう　また赤い色の苺を買い求めてこよう

Ⅲ

万物の手

今だけに生きよう　そう決めた時
あれこれの肩の重荷が飛び去った

風もないのに緑がそよぐ
木の葉も　草の葉も　喜び勇んで生きている

緑の葉陰からゴーヤや胡瓜が垂れ下がり
日々成長していくさま
大いなるものに支えられ実りの日々を生きている

緑色のレモンも日々膨らみ黄色く大きな
ジャンボレモンへと導かれていく

大きな見えない手に抱かれて
そっと労りながら育んでいる手

同じように人も意識しないところで
熱い視線が身を貫いて
万物の手に暖められて生きていた

支え

支えの夫（ひと）を失って早や十年
支えが世に在ったなら
項垂れることもないだろうと

廊下をゆくと朝日が
晃々と窓を焼いている
思わず見張るまなこ
朝の光が応援していた驚き

寒々した胸を抱きながらも
窓越しに見る落葉した花水木に
飛来してくる鵯（ひよどり）の挨拶に安らぎ

時には二羽の雀が木蓮の枝に戯れ
ひらり　ひらり　と枝から枝へ
飛び回るさまに感極まる

逝った夫が戻って帰ることはないが
替りにさまざまな
自然のかたちの賛歌が送られていた

そよ風の囁き
今日も燦々と輝く陽のもとで
雲の行方を追いながら
晴れてゆく意気張（いきはり）が与えられる

Ⅳ

神話の里（古事記に因んで）

高天原から天照大御神の孫
邇邇芸命（ニニギノミコト）が地上に降り立った
天孫降臨の地
筑紫（ツクシ）（九州）の高千穂に向って
バスはひた走る
北九州空港から南下してきた
乗客は疲れ果てて声もなく
目を閉じて静まる車内

小雨が窓を濡らし止む気配もない
ふと見上げれば仄かな明るさ

一途に晴れることを願う

やまなみハイウェイを走り続け
高千穂峡で一時停車
五ヶ瀬川の清流
真名井の滝の水しぶき
神の息吹の迫る思い
バスは先を急ぎ高千穂町に到着
下車すると路面は乾き
降雨の跡形もない

古事記には邇邇芸命が天降った時
そこは雲がたち込め昼とも夜とも分らなく
暗く道も見えない程であったと記される

その時二人の里人が現れ
　御手で千の稲穂を抜き籾(もみ)にして
　投げ散らせば　きっと晴れるでしょう　と
その通りに籾を撒き散らしたら
忽ち辺りの闇は解け晴れ渡った

邇邇芸命の言い伝えにより
千穂と名づけられた
神の降臨なので高をつけ
高千穂と呼ばれるようになったとある

天安河原（古事記より）

天上界の高天原は
日本原初の天照大御神の在所

弟神である須佐之男命の粗暴の極みに
天照大御神は天の岩屋に籠られた

世界は暗闇に閉ざされ
そこに悪神が暗躍し災害をもたらせた

困った神々が集い天照大御神を連れ戻すため
神議されたという大洞窟を目指す

天岩戸神社から少し離れた場所にあり
地図を片手に秋風に髪を乱しながらひた走る

大通りから草生す小道を下ってゆく
爽やかに岩戸川のせせらぎが右側にひびく

近づくにつれ石を積み上げて祈願すれば叶うとい
う
伝承の石積が累々と続き神秘な空気をかもす

前方に鳥居が見え薄闇に包まれた洞窟がその先に
八百万の神が天照大御神を戻すため策を練った所

思金神を中心にして神議された場所に来た胸の高
鳴り
ただ一人静かに神話の世界に嵌り込む

小石の上をさらさらと行く清流
大洞窟の前で神々に思いを馳せ幻想の世界に
額衝く

思金神の活躍（古事記より）

天照大御神がお隠れになって世界は闇に閉ざされ
禍が広がり　困った神々は思金神に相談

思金神は神々を天岩屋の前に集め
八咫鏡（やたのかがみ）と勾玉（まがたま）をつけた御幣を作らせ飾った

そこに神懸りになった様に踊るアメノウズメの神
胸も露に踊り出し　神々は囃し立て大騒ぎ

不思議に思った天照大御神は岩戸を細く開け
外を覗き見ると鏡に映る美しい神を見た
身を乗り出した天照大御神の隙を見て
岩戸の陰にいた天手力男神が引き出した
世界に光が戻り　思金神の策は見事に成功
岩屋の前で舞われたこの夜神楽が神楽の始まりと

アメノウズメの神が手にして踊ったおがたまの木
が
天岩戸神社の境内に生えている

なお天照大御神を引き出した天手力男神の
岩戸を持ち上げている像が駐車場奥に立つ

岩屋戸から天照大御神を引き出した神々は
後に天孫降臨に伴って地上に降り
宮中の祭祀を担う一族の祖となったと記される

シーボルトミミズ（古事記に因んで）

小草茂る天安河原からの帰り道
行く手を遮る青いミミズ様のものが
一直線に伸びて道を妨げる

見たこともない青くて太さが人差指位長さ40セン

チ位
しゃがみ込んで見詰める
神の使いかと訝りながら見守る

少しずつ動き出し叢へ消えた
ミミズが這うのと似ている不可思議なもの

帰路の飛行機内でも　あの生き物は何か
思いをめぐらすばかり

帰宅してネットで見ると青ミミズと
やはりミミズであったかと得心
日本産の大型ミミズで濃紺色
シーボルトミミズとも言うとある

江戸時代に来日し日本医学の発展に
貢献したシーボルト

日本の動植物の収集に打ち込み
多くの標本を本国ドイツに送っていた

当コレクションに青ミミズがあり
後の人がその標本を学会で発表した際
シーボルトに因んでシーボルトミミズと命名され
たと

九州出身の知人に尋ねると　こともなげに
「ミミズは普通青色ですね」と語った

かの大きな青ミミズは私の胸中で
ずるずると動き出し気色悪く
神の使いと見放すがよいと胸をおさめる

エッセイ

『古事記』に導かれて

ここ二、三年は取り付かれたように『古事記』に夢中になっていた。自分の住む日本という国の成り立ちを知りたいとの願いが心を占めていた。読むだけでは物足りなく昨年は山陰の方面を娘の運転でレンタカーで廻った。

今年は九州の天孫降臨の地方へ行くことに決めた。羽田空港近くのホテルに前泊しての一人旅、北九州空港でツアーの一行に加わることが出来て安堵した。そこからツアーのバスは耶馬渓や青の洞門、別府では湯の花製造所など見学し、別府温泉で宿泊、翌日は待ちに待った『古事記』にある地に向かうと思うと心躍った。別府を出発して阿蘇五岳を一望するやまなみハイウェイを突っ走り、高千穂や天岩戸神社と天安河原に向かう。雨が窓を叩き雨雲が垂れ込み薄暗い山並みを走る。高千穂に着き下車すると地面が乾いていて降った気配がなく有り難い。高千穂峡の切り立った懸崖は阿蘇火山活動の噴出した火砕流が五ヶ瀬川に沿って帯状に流れ出し、急激に冷却されたために出来たという。そして目指した天岩戸神社へと行く。途中で御朱印帳を受け付ける所でお願いをした。天岩戸神社の境内には御神木の「おがたま」の木が高く生い茂っていた。

神職によって右側の戸の鍵が開けられて聖域に案内された。岩戸川を挟んだ先方の茂みの中に思ったより小さく見えたが、「あちらに望めるのが天岩戸神社です」と説明を受けた。

遠い遠い昔々の日本国の神代神話を見つめ何か身が引き締まる思いがした。そして西本宮から岩戸川を五〇〇メートルほど遡った所にある天安河原を目指した。天照大神が岩戸隠れの際に八百万の神が集まって相談したと言われる場所、河原の中央部にある仰慕窟(ぎょうぼいわや)と呼ばれる洞窟に天安河原宮があり、思金神を主祭神として八百万の神が祀られている。

途中無数の石組みが立ち並び、多くの人々が願いを託されたであろうかと感無量となる。

一人瀬の音を聞きながらの帰路、叢に長細い生き物が青く光っていた。見つめていると通りがかった人が「ミミズですね、でも青いミミズ？」と訝った。ゆるゆるとミミズは叢の中へ消えた。世にも不思議な青く光るミミズを見た。これもあれも信じ難いことや、目には見えないものに作用されて生きているのかも知れないと、現実離れをした感慨の一人旅であった。

オー・ソレ・ミオ

連日の暑さの中、どうしても出掛けずにはおられず、ミネラルウオーターをバッグに収め駅まで送ってもらう車中、「この暑さの中を遠くまで、しかも一人で行くなんて信じられない。しっかり水分補給をしてね」と娘は心配する。

会員特典として通常非公開のリハーサル見学が出来るとあって、是非それに間に合うよう初台にある東京オペラシティコンサートホールへと一途に向う。

会場入口に集まってから誘導され、リハーサル風景の見学。楽団員はTシャツ姿のリラックスした服装であるが真剣そのものだ。公演に当り来客に曲の真髄を送り届けたいとの熱意が伝わってくる。約三十分の見学を終り一旦退出、本番までの時間を待って指定席を見届けて着席してほっと安堵する。

イタリア・ナポリターナ楽団による演目が次々と奏でられれば、地中海の光る海、明るい人懐っこいイタリアの人々が髣髴と浮かぶ。

ナポリの民謡カンツォーネを聴いているうちに、緑の松の学舎の音楽堂が脳裏に現れた。

「サンタ・ルチア」や「帰れソレントへ」とか、「オー・ソレ・ミオ」を教授して下さった先生まで思い出され、若い頃にたち帰り拍子をとり、リズムに乗る自分がいた。ナポリ民謡シチリア民謡等々続く中、イタリアの陽気な指揮者によって、ホール内の全員をひとつにした暖かい雰囲気に包まれていった。

楽曲や舞踊が進むに従い感激となり胸が打ち震え熱いものがこみ上げてきた。これは何か、遥か遠くに過ぎた学舎の若い日への惜別の思いか、再び返らない往時への愛着か、また愛を歌い、哀愁を歌い、歓びを歌いあげる情熱のナポリの舞曲のなせる業か、色々の思いが綯い交ぜになった感傷かもしれない。

　時は逆には進めない。往時に戻れなくてもホール内で十分に満喫したものがある。

　そのことに祝杯を捧げようと自ら得心した。

　膨らんだ胸を抱いてホールを出ると熱風が吹きつけた。暑さも何のその心の中はもっと熱く燃えているのだからと駅への道を急いだ。

　後方から兎追いしかの山　小鮒釣りしと口ずさむ男性の声。アンコールで日本語で「故郷」を歌ったので皆感激したものだった。

『悪の華』との回合

　セピア色に褪せた本が書棚にくすみを見せている。随分昔高校一年生の時本屋で見付けたボードレールの『悪の華』である。

　その頃の日本はあらゆる物資が逼迫していた時代であり、本の類も紙質が悪く豊かな本の立ち並ぶ現在とは程遠いものであった。

　学校近くの本屋で韻文を目にしてあっと驚いた。空襲だの爆撃に脅えていた時代から漸く解放された少女時代、手にとった詩集はとても新鮮であったが、分厚いボードレールの本は学生の身にはとても高価なものだった。

　ボードレールも『悪の華』についても全く未知であったのに売れてしまわないかと本屋へ出向き、あそこにまだ並んであると安心していた。幾度その本屋へ足を運んだことだろう。

戦後の封鎖された預金は自由に払い出せないのだろうと、父や母の会話から本を買いたいと言い出せないでいた。お小遣いを溜めてやっと手にした『悪の華』は掌にずっしりと重かった。古びた表紙裏に拙い文字で「この書は遂に求められたり、我が悦楽如何ばかりか、我最大に愛すべき書なり、とこしえに」と気障な言葉が書き込まれてあり、今の私は赤面するばかりである。しかしあの頃の日本の状態は衣食住凡てにおいて窮乏していた。そこで手に入れた一冊の喜びは尋常ではなかったのだ。戦後の私の身近には書物に対する飢えがあった時代背景であったから、喜びはこんな大仰な物言いとして認めていたのであったと思える。因みに発行は昭和二十三年七月で村上菊一郎訳で河出書房刊となっている。

本を繙いてみれば文語の韻文で調子よく読めた。「深渕よりの叫び」「露台」「可逆性」「秋の庭」等々の韻律のなす、このような詩の数々を興奮ぎみで読んだ記憶が甦る。当時の私の力で何処まで読み解くことが出来たであろうか、今でさえもこの比喩はどの譬えであろうかと戸惑うのであるから甚だ心許無い次第である。私が戦後最初に手に入れた思い出の詩集が『悪の華』であったと思い到る時、再度ページを繰って意を深めたいと思っている昨今である。

パンパスグラスが揺れて

秋の庭にススキの穂先が伸びるその頃、すっくと丈高く立ち上がるパンパスグラスが穂並を揺らす。西洋ススキとも呼ばれるが原産地はアルゼンチンである。ススキに似た長い線形葉を叢生し大株となる。

初秋に高さ三メートル程の花茎を直立して巨大なススキ状の花穂をつける。そのさまは空を背景に威風堂々としている。

活花に使いたくて一株を庭に植えたものが、十年以上も経つともう動かし難く庭に泰然と居坐ってしまった。今年も十本弱の花穂が靡き揺れている。枯れ色になる前に茎を長く刈り取り、水を入れてない壺に収める。水を替える必要のないドライフラワー風に扱えるのだ。

天井に届くような大作を造る。そこには青竹や緑濃い棕梠の葉を添えたり、さまざまな造形が加わり面白く年々の行事のようになってしまっている。

しかし大株になってしまって少々始末に困っている。これ以上の大株になってしまうと他の植栽を傷める恐れが出てくるからだ。

ある時友人が見て分けて欲しいと言われた。

株分けが簡単に出来るなら是非持っていってくれたら嬉しいのだ。でも何処から掘り起せるのか頑丈に一つの大株になっているので手のつけようもなくて友人も諦めた。

パンパスグラスの隣りには日本古来からのススキが植えてある。葉に横斑のあるタカノハススキと言う花材も好んで使っている。

こちらは楚々として丈もパンパスグラスの半分くらいであり、簡単に株分けも出来る。

今年も大株に手の施しようもないパンパスグラスが、初秋の空に丈高く聳え立つ姿は雄大な景観だ。まるで天に憧れているかのように靡いている。

高みに揺れるさまを見て私も天に憧れて生を繋ぐ方便としてゆくことも悪くはないと思っている。それでもしみじみと感じるのだが人間が暑い暑いと言っているうちに、ススキは大自然の営みに従って穂先を出して揺れている。人間の感覚を越えたものがあの葉茎に宿っているのだろうか。大自然のままに生き穂波を靡かせる姿はとても美しく思えるのだ。

紀伊山地の霊域を廻る

数冊の『古事記』を読んでいた時、ある一冊の一部に神話の作偽論を提起した文字が躍っていた。専門の知識を持たない私は驚き、それならば現地に行って自身の五感と肌で感じるものを見てみたいと、止むに止まれない気持になった。先ず割に近い天照大御神を祀る伊勢神宮周辺と熊野古道辺りを尋ねようと思いたった。隣の孫が来たので予定を話したら僕も一緒に行くと言い旅行会社で一切の手続きを済ましてくれた。

日陰にはまだ残雪が残る一月中旬過ぎ、南紀の方向を目指して出発した。延々と続く車窓の景色を眺めながら目的地に向う。次第に田園風景となり、瑞穂の国を作ろうとされた天の神を想う。伊勢市駅で降り山際の杉木立の茂る外宮に詣でる。豊宇気神は天照大御神の食事を司る神としてここに祭られていた。

次にバスで内宮へ辿り着き宇治橋を渡り玉砂利を踏む。五十鈴川の清流に手を浸すと爽やかな気が満ちる。更に鬱蒼とした大樹の下を歩む。神域を言葉少なに進む人々の群。年輪を重ねた常緑樹の中に灯を点すように黄金の実が熟っていた。咄嗟に『古事記』の中の「垂仁天皇は多遅摩毛理（タジマモリ）を遠い常世に遣わし、芳香を放ち続ける橘の実を持ち帰るよう命じた。橘とは蜜柑を指しているとされる」の箇所を思い出した。長い道程を歩み続けた先に古色蒼然と佇まう本宮へ参詣する。荘厳な中に身が包まれる。次いで近くに鎮座する猿田彦神社へ詣る。天照大御神の孫が高天原から降っていらっしゃる時、先導して仕えた猿田毘古大神が祀られてある。翌日は熊野古道の方へレンタカーを走らせる。熊野速玉大社、八咫烏（やたがらす）神社へと向う。神倭伊波礼毘古命（かむやまといわれびこのみこと）はこの地に上陸され、八咫烏の案内で大和へ着き神武天皇となった。その時那智の瀧を大己貴命の御霊代として祀られたのが那智山信仰の起と立て看板があった。紀伊山地の霊場の緑の中を回る。古代人が持っていた感性に触れ、自然が神、神が自然とするりと霊気の中にいる自分を発見し、私は素直に神代神話を信じる心地となっていった。『古事記』を現代語訳されている諸先生方が、『古事記』を文学としても高く評価されていらっしゃることに敬意を持ち、世界に誇る神代神話を持つ日本が凄い国であると感じることができた。

遠い日の桜町病院

「とっても楽しいお便り有難う、何年ぶりにお会い出来るのね、十八年位前にご主人様と修院に来て下さいましたね」。このような便りを下さったのは武蔵小金井市の、修道女のYさんである。小金井で音楽会のチラシを見て行こうと決めた。折角あそこまで行くならしばらく振りでYさんにお目にかかりたいと思った。「日曜日の午後音楽会に行くので、午前中に修院に伺いたいと思いますが礼拝中でしょうか」とお尋ねしたその返信である。

こんなに喜んで待っていて下さるお方があると、幸せ感に包まれた。今から三十五年前頃修道院管轄の綜合病院、桜町病院に入退院を繰り返していた病弱な私であった。その病院で長女が薬剤師として勤めていた時の上司がシスターYであった。「比留間さんのお母様がまた入院された」と言っては修道院の図書室から数々の本を運んで見舞ってくれた。

今まで読んだこともない慈愛に満ちた言葉の羅列に感動した。入院中拙い詩なども書いてシスターYに見て頂いたりしていた。

退院する時に「はいお土産よ」と差し出されたもの、「うわー美しい色紙ね」「絵の上手なシスターが絵を、字の上手なシスターがあなたの詩を書いたのよ」と手渡して下さった。

「鐘は鳴り渡れり」清らかに　高らかに／聖ヨハネ病院の／鐘は鳴り渡れり／研ぎすまされし／朝のしじまに／今日の営みを始めんと／さわやかに／鐘は響けり……清らかに　高らかに／聖ヨハネ病院の／鐘は鳴り渡れり／よこしまな心を／打ち捨てよと／初夏のみどりの上を／つつましく　鐘は響けり

四十代後半の詩作であった。Yさん曰く「鐘を撞いているシスターが、こんな思いで聞いて下さる人もあると喜んでいましたよ」と伺った。その思い出の額も壁に掛けてあり往時を偲ぶ。以来シスターYとの交誼もずっと続いていて、お互いに安否を気遣ったりし合っている。かつては修院の図書館から本を貸して下さったシスターYに、拙い詩集を上梓する度に送っていた。「あなたからの十冊の本が修院の図書室に納まっていて、皆さんが喜んで読んでいますよ」の言葉に世の変遷を思い感謝の念が頻りとなる。

師走随想

隣家の娘に誘われて正月用品の買物へ出掛けた。「早く来い来い来いお正月」の歌が流れ、人混みで賑わっていた。急かされる思いがして静かに品選びしたいと思う。それにしても私は随分手作りの意識が薄れていると感じた。

子育てしていた若い頃てきぱきと大掃除をこなし、伊達巻や栗きんとん、田作、黒豆等々時間をかけて作っていた頃のことを思った。

二人の娘に女性としての嗜みを身をもって伝えておきたいと、そんな気持で頑張っていたのかもしれない。だけどその頃の母親は皆そんな気持でいたように思う。しかし時代はどんどんと変わっていった。往時なかった外食産業が今は主流を占め、身近かに食べられるものが多くなった現在、私は狼狽するのだ。戦後の何も無かった頃、母達の苦労を見て育ったから粗末にしてはならないの心情が沁みついている。と言っても数多くの品々を籠に入れてるもう一方の自分がいる。そして手作りしなくなった自分もいる。あれこれと見て廻っているうちに、知らない間に時代の流れを見つめてきたものだとしみじみ実感した。

話は変わるが隣家の三人の孫は家によくやって来て「お祖父ちゃんにお線香を上げよう」と両の手を合わせていく素直な息子達だ。ある日娘が「佑太アルバイト止めてお小遣い足りなくて困ってるみたい」と言った。線香あげに来た時「これお小遣いの足しにどうぞ」と差し出すと直ぐに「じゃお祖母ちゃん何かお手伝いすることある」と尋ねる。「網戸洗って頂戴、外へ出てホースとこのブラシで」と促すと直ちにやってくれた。アルバイトすることは、労力を奉仕することによって金銭を得ることが出来ると、彼等は知っているのだ。私の考えも及ばない成長ぶりに感謝の念が湧いた。師走の掃除も早くからこんな次第でやってくれた。年々同じように師走は訪れて同じように暮れていくと思っていたが、その年々が積み重なって人が逝き幼児が成長し、時代が築かれていくことを思う。会う人毎に「よいお年を！」と挨拶をして暮れていく師走、誰もが笑顔で幸せな年になりますように！

非日常の中に

「今日はウォール街の方へ行ってくるね」。孫のひと言に驚いた。来春は学業を終えて社会人になる。孫の心積もりを知り嬉しくもあり、さて私は何処へと咄嗟に思案した。

結局お互いに興味ある方へ向うため別行動すること
に決めた。

若い人は私の想像を絶する行動に出る。何行きに乗車するかも分らない方面へも、平然として乗り継いで行く度胸には言葉も出ない。しかし昨年のウイーン行きの時に私は舌を巻いたものであったから心配は不要だった。

ニューヨークの街は5番街6番街と碁盤の目のような町並なので、方向音痴の私でも地図を見れば見当がつく、差詰めどの番街へ行っても突き当たるセントラルパークへと向った。道々考えた、何時も誰かを頼り自立できてない自分のことを。だから今日私は見知らぬ街で自立して歩を進めて行くのだと覚悟を決める。知る人のない知らない町角で地図に眺め入る。目に入るもの凡てが新鮮だ。背の高い人々が街中を闊歩する。石畳みが綺麗に続く、程なく辿りついた緑滴る公園。私は何にも知らないし、何にも分らない地に佇む孤独の人として在った。

大樹の梢を見上げる。おっこれはプラタナスの木、おっこちらは公孫樹だ。更に根方には白い花房を垂れて咲き誇る柏葉紫陽花。知らない地で知己に会ったような感動。見馴れた植栽に心を解かれた。非日常の幻の中をさ迷ってきたように思えたが、地球上に同じ人類が住み、同じような植物に触れ、同じ風が吹く大気の移動やひとつの陽光等々、殊更に馴染をもって見えてきて、孤独の思いは霧散していった。暫く水辺を逍遥してから踵を返し、セントパトリック大聖堂の方向へ少々疲れた足取りで向う。薄暗がりの堂内へ入る。蠟燭の明かりが両脇にずーっと奥まで並び揺れている。多くの人が入り交じる物静かな堂内に坐を占める。藍を基調としたステンドグラスが外の淡い陽に煌めく。独りの旅人としての心は鎮まっていった。

葡萄

「秋の頃、実った葡萄の濃い紫色が綺麗だから、庭に葡萄を植えたいわ」

「この狭い庭では無理だろう、棚も作らなければならないし」

「大丈夫、棚は要らないわ、フェンスに這わせるから」

そんな遣り取りを交わしてから、とうとう巨峰という葡萄の苗木を植え何年か忘れていた。

夫が逝ってぼんやり庭を眺めていたある日、勢い付いた葡萄の蔓がフェンスに絡まって伸びていた。植えたまま放置していた葡萄が、しっかり根を張って大きな葉を風にそよがせていた。

そして初秋の風が渡る頃、幾つもの房が垂れ、日増しに緑色の粒々が黒紫色に変ってゆく様を窓辺で見つめる。

時が経てば育ってゆくものがあり、逝ってしまう者がありと考えていれば、豊かに実った葡萄が促すのだ、仏前に供えなさいと。早速そのようにして「やっぱり葡萄植えておいてよかったです。偉大な力を持って勇気付けてくれます」と。

窓辺の机で読みものに疲れた目を外に向けると、数年前に交わした会話がふっと浮かび葡萄の房が揺れる。

熟れた葡萄に招かれるようにして庭に下り立ち、一粒を捥いで口に入れる。甘酸っぱく口中に広がる香り、初秋の風がゆるやかに流れ渡り満たされて再び机に向かう。

日差しの強さに障子を閉めてペンを走らせる。

ややあって障子に映る人影に障子を開けてみると、隣家に住まう娘がやはり葡萄を口に入れて、「美味しい、甘いね」と素頓狂な声。私も喜んで庭に出て「いいでしょ、捥ぎたてを食べられるなんて最高ね」「うん、うん、最高ね」。二人は意気投合しながら葡萄を啄む。そして娘は意を決したように言葉を放った。「家でも葡萄を植えよう、あのキウイフルーツの棚に這わせるわ」

数日して同じ巨峰の苗木を二本も買ってきた。さて何年後に見事な房が垂れ下がるであろう。期待を込めて苗木を植え込み、支柱を立てて支えてある。

子規の庭・薬師寺

爽やかな秋の薄日の程よい気温の頃、縁あって正岡子規の庭を案内して頂けた。JR奈良駅の西口を出てバスで現地へ向った。案内して下さるのは子規のお孫さんの正岡明先生であった。ある建物の前で降車した。

右側に「子規の庭」の案内板が書かれてあったが、読むよりも先に足は先に進んでしまった。

なだらかなつま先上りの小道を行くと、道の両側には雑草も自然のままに生えていて、懐かしい里山へ入っていくような心地になった。小高い所まで上がると萩の花が満開で枝先が袖と振れ合い、また珍しい水引草が赤く細やかな粒々の花をつけていて迎えてくれる。

その向こうにはムラサキシキブが紫色の実を沢山付けて陽に映えていた。シソ科の落葉低木と分類されているが、どうしても軟らかなシソとの接点がつかめない。昔故郷の山里で見た植物と同じようなものに思わず童心に帰ってゆく。先を行けば実を付けた柿の木、低く切りつめてあり沢山の実がなっている。

正岡明先生は、「この柿は百二十年以上経っていると思いますよ。ここで子規は—柿食えば鐘が鳴るなり法隆寺—の句を作ったのです。始めは法隆寺ではなく東大寺だったようです。ほらあそこに見える瓦屋根と金のシャチホコ、あれが東大寺ですよ」と説明して下さった。私は俳人子規の作句した場に立っていることが誇らしく思えた。

青葉の重なる向こうに東大寺、更に右の方には奈良公園や春日大社のある地図をめくる。古都奈良には見ておきたい場所が多い。しかし、三日前までは入院していた身だ、体力的には覚束ない思い、残念な思いが脳裏をよぎる。

起伏のある土地をいかしてある庭は自然体で庭と同化している自分を発見した。寺院で作られた立派な庭に歓声をあげ見つめたものだったが、対照的に庭をこちらから眺めるという一種の緊張感を持っていたと感じた。自然のままの子規の庭は居心地よく癒されて安らぎを覚えた。午後は詩を奉納してあった薬師寺へ参加する。その奉納祭の顧問をされていらしたのが正岡明先生であった。

薬師寺回廊に案内されると和紙で作った灯籠が並び、その和紙に作品が書かれてあった。同道した娘がいち早く「お母さんの詩が此処にある」と指差した。まほろばのあかりの中に、日常から離れた風情で言葉が浮かび上がり、暗闇の中に神秘的な雰囲気をかもし出していた。

庭には千個の灯籠に灯が入れられる。私達も蠟燭を貰い火を受けて灯籠に入れた。赤々と点る仄かな明かりの宵闇の中、幽玄の世界へ誘い込まれる。千個に灯が点くと薬師寺講堂へ案内され坐に着く。下駄の音がして多勢の僧侶が入場され、天武忌法要が行われた。何も知らずに薬師寺に参った私達だったが、天武天皇が旧暦九月九日に玉逝されたので法筵を催す日に出会えたのだ。

『古事記』に夢中になっていた私は驚くばかりであった。『古事記』は天武天皇の勅令によって稗田阿礼が暗誦し、太安万呂に筆録させて、元明天皇の時に完成させている。それで私の内には天武天皇が常にあった。たまたま本願天武天皇忌に参加させて頂けたことは法外な歓びであり、偶然とは言い難いものと感銘を受けた。

地下茎

生花展に雁足（がんそく）と呼ばれる草蘇鉄（くさそてつ）（シダの仲間でコゴミは異名）の胞子葉で黒い羽のようなドライフラワーを使って生けていた。

会場へ見学に来た友人は「これ家にあるから苗を持っていきますね」と後日届けてくれた。早速貝塚伊吹の根元に幾株かを植え込んだ。買物の帰り「あのコゴミ根付いたかしら」と友人が立ち寄った。「あのコゴミの芽は山菜だから食べられますよ、天ぷらでも炒めても何にでも使えるの」と教えてくれた。

何年も経て武蔵小金井から娘家族の隣地に引越した際、例のコゴミや茗荷（みょうが）などを浦和へ持ち運び裏庭に植えた。土地に合ったのかコゴミもたくさんに増えた。灰汁（あく）がないので何にでも使えて重宝した。一方茗荷も年々芽を出し裏庭一面茗荷畑となった。夏には黄白色の花を付けた花穂を目安に摘んで調理した。

その頃タラの芽の天ぷらが美味しいと聞き、先ずは一株買ってみた。春に芽が出て早速天ぷらにして賞味すると、ほっくりとした味わいで成程と頷けた。料理する寸前に裏庭へ出て木の芽を摘む喜びに胸を躍らせた。数年すると彼方此方にタラの芽が生えて生命力の強い木と驚いた。

そのうち娘が素頓狂な声を出して「タラの木は殖えたけど、ほらっ、無花果（いちじく）の木が枯れてしまったみたいよ」「どうしたらよいかしら」。訳も分からず放置したら完全に無花果は枯れ果てた。コゴミも隅の方に二、三株、茗荷も端っこに何株か残っているだけ。タラの木の異常な

るであろうか。

繁殖力に驚嘆、そこで私は思った。地上の表面の植物をあれこれ言っていたが、実は地下で凄い争奪戦が行われていることに気付いた。問題は地下茎にあると知った。

地上の表面に顕れる現象だけを見ても正解ではないと思わせられた。

それはドイツの現象学の創始者であるフッサールまで辿り着いてしまった。心理主義を批判して論理学的研究を行い、のちの哲学の前提のない基礎の上に確立する現象学に到達、後期は人間同士の間主観性に基づく日常の生活世界の構成に係わり、そこからシェーラーの生の哲学やハイデガーの日常的現存在分析、また現象学的美学などへの道を拓いたという。

このような高邁な世界には私は足を踏み込めないと痛感した。

そこで日常の生活に於いても表に現れた現象だけに捉われない物の見方という分野が分かり、現象学の深い世界を垣間見ることが出来た。このことについては大きな収穫であった。

今も裏庭の土の中では地下茎の争奪戦が行われてい

解説

比留間美代子詩集を繙いて
―自分自身への挽歌

中原道夫

詩人の人生は、それぞれがそれぞれであっていいのだが、この詩集を繙いてまず私が感じたことは、すべてが、紛れもない抒情詩で構成されていながら、これは比留間美代子という女流詩人の「女の一生」を描いた叙事詩ではないかと思ったことである。それは比留間の詩業が観念や言葉の遊戯によるものでなく、自己の体験や経験から生まれたものであり、真摯に人生に対応したものであるからだろう。しかも、比留間は私と同世代の詩人であるから、その時代背景も、心の動きもよくわかる。

また、比留間は東京都西多摩郡日の出町生まれということだが、この日の出町というのは、東京都と言ってもまだまだ豊かな自然の残されているところで、清流があり、西側には奥多摩の名峰大岳山が、いつものやさしい微笑みを投げかけている。比留間の詩の感性は、その豊かな自然の中で育まれ、今にあると言ってよいだろう。

散り葉

紅葉した葉が
一面に散り敷いた上で
おにぎりを食べましょう
ひら　ひら　ひら
ひとひら
ふたひら
舞い落ちるその下で
あなたとふたり
娘の作ってくれた
厚焼卵を頬張って
遠い向こうの
景色を眺めていると

ずーっと昔にも
こんなママゴト遊び
したことがあった
ように思えます
それは生まれ出ずる
以前のことだったような
そんな遠い記憶です

「生まれ出ずる／以前のことだったような／そんな遠い記憶」とは、比留間自身が、自然そのものの一部であったからなのだろう。比留間は故里を含め、森羅万象すべてを「神」と捉え、畏敬の念で捉えているが、具体的に、比留間自身を育ててくれた父、母に対しても、同じような思いで接している。

父のことば

人間はこの世の番頭だから
明るくこの世の役目を務めること
そんなに
欲をかくことはない
そんなに
心配することはない
心配したからってどうなるものでない
名言でした
言葉の意味の通じない
息子や
娘達を
どれほど歯痒く思ったことだろう
深い父の心根を分からず
苦しみ　悲しむ子供達に
あの言いまわし
この言いまわしで
分からせようとしてくれました
父よ
あなたの願いは
子供達の幸せのための毎日であり
子供達の幸せを願う語らいでありました

ありがとうございます
子育てを通りすぎて
あの言葉の意味の少しずつを
心の深い底に
蓄えられるようになりました

母の生きた道

生きていくことの悲しさを
通り抜けて
母は老いていきました

生きていくことの酷(きび)しさを
身に沁ませた時
母の眼(まなこ)はキラリと光りました

生きていくことのつらさを
耐えしのんで
母は子らを育(はぐく)んでくれました

生きていくことの淋しさを
骨身に感じながら
母は娘を嫁がせました

生きてきた母の黄昏時(たそがれどき)
腰をかがめた
母はなお　とぼとぼと歩いておりました

生きていくことの苦しさに
出合って初めて
母の涙のわけを知りました

生きていく道のりは遠く続く
母の道のりの残されてある間
その恩愛に
どう償っていけるかと
しんみりと思うのです

ご両親に対する処女詩集『日だまり』にある作品であるが、これはたんなる父母への感謝の念を述べた作品ではない。比留間を大きく包み込んでくれた存在者に対する畏敬の念が書かせた作品と言ってよいだろう。比留間は時として苦しいとき、寂しいとき創造主である神との対話もしているが、それは、父母への思いと、同一のものである。

寂寥

人が寂しくなるとき
それは創造者を仰ぎみる
そのことを忘れたためという
底知れぬ寂寥の
深淵に沈みそうで
もがくとき
人を造り給うた
神から離れた心が
主を慕う心であったとは——
果てない寂寥感から
逃れようと
人を恋い慕い
目前のことに
身を尽くしたとても
真に寂しい穴を
埋めることはできない
でありましょう
自分を救うための
出発点であったなら
己という人間に
あざむかれてしまう
のかも知れません

比留間は戦後十八歳のとき、極度の眼精疲労で、夜間眼を閉じていても痛みに悩み、活字に触れることも医師から禁じられる状態になるが、緑に触れることは眼によいとのことで草花を植え、眼の保養に努めることになる。そして、その花々を活かすために活花教室に通うことになる。これは比留間にとって大きな転機となる。生涯生け花（華道）の師匠として生きる比留間の生活の基盤がここから生まれたのである。リルケは「紫陽花は生きることをしか知らない」という言葉を残しているが、花の生は自己の展開である開花にある。それにひきかえ私たち人間の生は多くのものに苛まれ、生の本質を忘れているのではないかと思われる。いや、生きるというより過ごしているのかも知れない。「人が寂しくなるとき／それは創造主を仰ぎみる／そのことを忘れたためという」比留間の自然への畏敬の念はそこにある。

ゆだねる

弱った体で
臥すことの多い日々
なすことも出来なくて
ぼんやりと
目をつむっています
目をつむっていると
色々な不安が湧いてきます
それですから
体の動かない
横たわった
胸の上で
両手を合わせているのです
そうしていると
心が安まります
それだけしか出来ません
何も出来ません
何も分かりません
これから先
どう運ばれてゆく命かも——
ただ大いなるものに
身をまかすだけです

比留間は四十七歳の時、過労から意識不明になり自転車から転落し、救急車で搬送され、その後病気がちの人生を送ることになる。が、逆にそこで平常心を保つために詩作に向かう。「病気の時は病気を愛しなさい」と言った平林たい子の言葉さながらに。自己とは何か。自分にとって、生きることとは何かと。だから最愛の夫との離別の時もあわてることはない。「病苦から解放されて／伸び伸びと安らぐ棺の中／実直な八十年を生きた夫(ひと)／だから起こさないでおきましょう（「永眠」）」と歌う。けれど、私はこの詩句は夫だけでなく、真摯に生と向かい合って生きる比留間の自分自身への挽歌でもあるように思えてならないのだ。

花とともに歩み、命の日常を肯定する

――比留間美代子の詩について――

川中子義勝

比留間美代子さんとは、ともに詩誌「地球」の同人だったが、今回新たにふれる詩をも加えて読み返すと、心の通じ合う作品が多いと改めて思う。

詩集『鉄路に燃えた日は遠くに』には、夫の比留間正夫氏を想う詩が集められている。氏は旧国鉄の技師として新幹線のロングレールの開発に携わった。「昭和三十七年の秋」、ほぼ開発が成った「試運転の日」に、「夢の超特急」は「係わった人や　その家族を乗せて／鴨宮と横浜間を／時速二百キロで突っ走った」（「銀色のレールに奪われた日」）。その経験を、実は私も味わっている。母とともに国鉄職員の家族として父に連れられて行き、そのスピードを体感した。この詩を読んで、車窓を通り過ぎる架線柱の速さに驚嘆した記憶が還ってきた。

しかし、結婚してから、仕事に打ち込む夫の誇らかな気持ちをやっと共にできたその日に至るまで、比留間さんにとっては「銀色のレールに奪われた日」という詩の題名がむしろ実感であったのだろう。正夫氏は「ロングレールの試作と実験」のために出張を重ね、その間美代子さんは寂しい思いをされた。私の父は、技術者ではなく経理畑の職員であったが、やはり国中を旅する日々を重ねていた。「地方の特産品の土産を携えて／やっと家に戻った主は／すぐにまた／東海方面へ北陸方面へ／と出張していった」。「知らない土地で／主のいない不安に怯えていた私」と比留間さんは記しているが、それは私の母の想いでもあったろう。

詩「虹色の夢を乗せた故郷の駅」は、これを収めた詩集名『薫風の中へ融けてゆく』とともに麗らかなイメージを呼び起こすが、その真逆の経験を語る。「下校時の鉄橋を走る汽車の窓辺に／光る玉が降ってきた」「〈機銃掃射だ〉大人が叫んだ」「背を押されて／ホームのない草むらに転げ落ちた」。私の母もまたその恐怖を味わっている。農家の娘として家の手伝いをしていた母は、宇都宮の陸軍基地を目指してきた敵機から逃れて、農道と田圃との間の溝に転げ落ちたという。

このように述べてきたのは、比留間さんの詩との特殊な結びつきを強調しようというのではない。むしろ比留間さんの詩が描き出す光景の或る種の普遍性を言いたいのだ。それは、敗戦後の復興期から高度成長期を迎える時期の家族の一つの典型であり、一時代の庶民の生活を、その価値観とともに如実に示してくれる。家族との交わりよりも仕事を中心に生きる企業戦士たち。その思いは家族からはなかなか理解されない。だが後年の比留間さんは、「休暇の取れた主は／家族旅行でも／仕事の成果を語った」と、夫の不器用な家族愛を思い遣る。また「男（＝夫）」の誇りを象る（輪切りにされた）「銀色のレール」が、家族に顧みられず、久しく彼の孤独な慰めに留まった後、電車好きの孫に瞳の輝きをもって迎えられた逸話——ほころぶ夫の顔を描く「女人」の筆も、喜びに趨る（「レールのつぶやき」）。こうした団欒の光景は、どの家族も何らかの形で知り、あるいは願うところの「普通の幸福」と呼んでよいだろう。それは、夫を主（あるじ）と呼ぶことが一般であった時代のものかもしれないが。「普通」と述べたが、それは「月並み」の謂ではない。声高ではないが、ある種の価値観が表明されている点で、それは「中庸」の志向と呼んだ方がよいかもしれない。そこには、偉大な飛躍を望むことをせず、身の丈の高さで動いていく思想があり、それが作品の総てを裏打ちする通奏低音となっている。あえて一言で言い表すならば、それは、命の日常を肯定することといえようか。比留間さんの詩は、病や死に起因する悲しみに浸されていても、闇を抱え込むことが無い。市井に暮らす一婦人の目で、悲哀の中になお大切な光を見いだし、これを見つめていこうとする。日々を肯定しようと願う穏やかな意志、それは、誰もが抱くような念（おも）いに一見思えるけれども、詩集十冊を越えてなおも持続するその希求は、月並みどころか、むしろ、並外れた心の姿と言うべきではないか。

　比留間さんが最初の詩集『日だまり』を上梓されたのは、六十四歳の時。詩人としては相当に遅い出発である。だが、逆にそのためもあり、すでにこの第一詩集において、単に書きためた作品をまとめただけではない、詩集全体に亘る主題の一貫性と、表現上の修練を重ねた経歴を窺うことができる。病の床で、決して当たり前では無い日々の命を頌えようとする。その純粋な声が初々しく響き初（そ）める。出発点においてその詩心の本質を決定づけたという点で、この詩集が、詩人比留間美代子の詩作の原点をなすといえよう。

　詩集は冒頭に父母の言葉を置き、人としての出発点を見さだめている。「人間はこの世の番頭だから／明るくこの世の役目を務めること」という「父のことば」は、詩人にとってその生き方の座標軸となり、その生の行程を導いてくれる。「あなた」という呼びかけの二人称は以降、詩人が対象と向き合う基本的な構えとなる。「ありがとうございます」という一行を、素朴にすぎると感ずる人もあろうが、むしろそれは純粋さの発露として、読む者の心を捉える。詩人の呼びかけは、続いて「母の生きた道」を描き出す。各連は「生きていくことの…」

で始まるが、その素朴な反復によって自ずから刻まれるリズムが、詩行の呼吸を整えている。続いて「命の尊厳」には、病を得たからこそ知り得た発見が宣べられる。娘のいたわりの言葉を受けて、「私の体ではありません／待っていてくれた／人々の体でありました／命は多勢の人々の／願いを受けた／魂の叫びでありました」と詩人は記す。命は自分独りのものではない、交わりの中に生きてこそ本当の命――詩集全体の核をなすこの思想は、巧まずして宣べられる形で、読む者の共感を呼び起こす。

詩人が「あなた」として向き合う人々は、身の回りの人々に始まり、周縁へ、さらに外側へと及んでゆく。第一詩集では、(すでに見た)父と母、娘(とその夫)から、「シスター管の葬儀」に寄せる言葉や、「通り抜けていった人々」や「花を愛でた」「おばあちゃん」の思い出へと広がる。第二詩集『一条(ひとすじ)の光を見つめて』では、修辞上の洗練が増すとともに、社会への洞察を加え、生の実相を見つめる眼差しが整えられる。そのなかで詩人は己の生き方の指針を定めようとするが、その際に、詩人が縁(よすが)として思い起こすのは、純粋さの原点としての家族共同体の暮らしぶり(「円座」)であり、故郷日の出町の「祖父の眼差し」である。この詩集にはさらに孫も登場するが(「幼な児のように」)、祖父母から父母、夫婦、子の家族へと連綿と続く命を一条貫く底流、その「遥かなるもの」へ詩人の想いは至りつく。続く詩集『野ばらの私語(ささやき)』にも、孫と祖母の会話をひいた佳編が収められているが(「青い生命(いのち)が満ちてこぼれて」)、素朴に命のやりとりをする生の純粋さにおいて、「幼子と老人」とが質を等しくすることを実感させられる。

比留間さんの詩は、基本的に(ゲーテの言う)「機会詩」である。人生の様々な出来事に接して言葉が導かれる。自然の風物や詩人たちとの西安、モンゴル、ドイツへの旅行など、経験の一隅を切り取り、彼女は言葉を紡ぐことに巧みである。だがとりわけ、大切な人の逝くとき、死の中に生を留めようとして、言葉はひときわ結晶の度を強める。『野ばらの私語(ささやき)』の「父よ」から、続く詩集『育みの地はフィナーレを』の「父の旅立ち」「しんしんと広がる闇の音」「人の歴史は流れて」へと、逝った父母への挽歌が続く。「挽歌」という題名そのものを冠した二編は、慕ってくれた甥の思い出を語る。

しかし何と言っても、夫の晩年と終焉を見つめた詩群こそは、詩人にとって、その生の内奥深くから言葉が与えられた出来事であった。正夫氏の存命中に上梓を急いだが果たせなかった詩集『鉄路に燃えた日は遠くに』には、病室で語り合った記憶や、「孫達がどどっと病室へ入った」「おお来てくれたか」と家族に囲まれた生前の姿が留められている。そして詩集『共に育んだ愛の日々は何処（いずこ）へ』の全編は、「余命半年との告知」を受けた夫との闘病の日々を記したもの。闘病とは言え、「豊かな自然に癒やされるまま」、「忙殺されていた時間の狭間には／見えなかった充足感」を覚え、「限りある命の間を／夫と共に歩める余裕（ゆとり）」を見いだす（「季節の移ろい」）。大切な伴侶の末期を記しつつも、その眼差しはつねに光を仰ごうとし、言葉には端正で穏やかな響きが貫かれる。「一日一日が貴重になった日々」は「真実（ほんとう）に生きている実感」を備え、「無事に通されてある命のあいだ／大いなるものの息吹に包まれる」充実感が表明される（「無事を確かめながら」）。夫の「永眠」を迎え、「虚空を見つめ」「青息の淵に沈む」姿で詩集一冊は閉ざされるが、残る想いは続く詩集に託される。

詩集『花吹雪』では、「私の胸の扉の内側には常に／ウォーと吠えたいものが居座る」と鬱屈が述べられ（「呻く」）、「連れの鳥を恋い慕う呼び声」で、「クイッケーと啼く」鳥の悲痛な声が響く。さらに『通り抜けていった日』、『花とひかり』と続く詩集にも喪失の痛手は残るが、後者には、命の儚さを味わった後の、諦念と共にある穏やかな心と言葉の恢復が見られる。花との心の交感がそれを果たしてくれる。「花水木の葉先からの滴り」、それは、「やがて軽やかに上昇し、ゆるやかに流れる白雲の中／天に留まり／多くの悲しみを吸いあげて／変幻自在に飛んでゆく」。「天空の遥かから新たに芽ぐむ／望みが育まれてくる予感」（「蠟梅」）。「花が香り／花が招く／花と共にあれば／ひとは悲しみに耐えてゆかれると」（「花とひかり」）。これら、伴侶の晩年の日々、またその死を契機に生まれた一連の詩は、女性詩人の手による『智恵子抄』といえよう。

比留間さんは、生け花の師匠としてその生涯を花と共に歩んできた。その詩集は多彩な花の姿を描き、日常の命の歩みを記した詩編は、その時々に様々な花で縁取られてきた。それを今一度初めから辿り直す紙幅は無いが、花を愛でる視線もまたこの詩人を特徴付ける。何よりも花こそは「死生の境をいろどるもの」と言われる（「百花繚乱」）。花は詩人にとって、折にふれて言及される「大いなるもの」の流れを可視化し、「遥かなるもの」にひとの命を結ぶ縁（よすが）の役を果たす存在といえよう。多摩川上流から武蔵小金井へ、さらに浦和の地へ、野ばらの移植が詩人の生きる地の転換となった。「夫が大切な野ばらと共にあって／冥府で幸せならと感涙に咽ぶ／生きとし生けるものが通じ合う／そんな世界のある喜びを信じよう」（「野ばらの変遷」）。

詩人の形見分け

中村不二夫

私は日常的に詩人として生活することは少ない。職場では毎日多くの人と季節の挨拶を交わしたり、ビジネスを介して会う人の数も多く、たまには親戚縁者の集まりもあったりする。しかし、ほとんど彼らは私が詩人であることを知らない。比較的本を出す方だが、たとえ贈呈してあったとしてもその場の話題にのぼらない。このことに私は何の不満もないし、まるで秘密結社で活動しているかのような心の落差も心地よい。考えてみれば、世間一般の人たちはなんの形も残さずこの世の勤めを終えていく。一部勲章の授与であるとかは別にして、その人の生きた形見は子孫の中にあるというのが一般的か。詩人は詩集を形見に残せるのであって、だれも読んでくれないというのは我が儘な要求であって、たとえ死後に紙屑となったとしても、わが形見を世に遺せるだけで幸せというべきか。

　比留間美代子は生活者として、これまで最愛の夫に連れ添い、子供たちを育て、堅実に家庭を守ってきた賢夫人である。もうそれだけで生活者として立派というべきだが、なぜか詩人にもなって多くの詩集を出している。生け花の師匠でもあるというから、抜群の生活力というのか物に対する学習力が備わっているのだろう。

　ここでは家庭人比留間の視点から、比留間の詩集の変遷を辿っていきたい。

1　『日だまり』（一九九六年）六十四歳

入院中に作詩を開始。父の卒寿を記念しての上梓で、両親に捧げた詩集。

　年譜によれば、比留間は一九七九年くらいから体の不調を訴え、入退院を繰り返している。八〇年に長女が結婚、八九年に次女が結婚、その後家は夫婦二人だけの居住空間となっている。生け花教室は継続して主宰。比留間が詩作に入った動機は肉体的な不調と、娘たちの結婚による精神的変化が大きい。つぎのような詩がある。

命を大切にしたい／それは父母のために／それは夫のために／それは子供達のために／自分の勝手で／命を粗末にできないと／切(せつ)に思うのです
（「命の尊厳」一連）

　比留間はキリスト教の影響も受けているが、詩作の軸となって展開するのはここでの利他的精神である。いわば、ここで比留間は自我を抑制してくる超越者の存在を受容している。ここまで順風満帆ともみられた家庭生活だが、体の変調で全体にくるいが生じ、夫や子供、両親のために生きてきた日々から、一瞬にして家族に面倒をみてもらう立場に変わってしまう。おそらく、そこでの脱力感は尋常ではなかったであろう。比留間は日々肉体改造、精神改革に努め、必死に自己をよみがえらせようとする。詩作はそのひとつの手段で、徹底的に内面をみつめ直すことで、心身ともによみがえっていくのだが、それでも辛い日々のことを忘れず、つぎのように記す。

限りある生命の間を／この日頃の生活に／両手を合わせて／感謝しなければ／多くの病む方々に／申し訳ありません／少し健康と忙しさに戻れると／あの黄金色に輝いた日常生活を／忘れてしまいそうになります／それは一番悲しいことなのです

（「黄金色に輝いた日常生活」）

ここまで謙虚に書く必要があるかと思うのだが、この時期比留間の内面はそこまで切羽詰っていた。ここにはそんな悲壮な覚悟で出発をした詩人がいる。

2『**一条の光を見つめて**』（一九九九年）六十七歳

精神的には落ちつきを取り戻し、持ち前の家族愛を前面に出した向日的詩集。生育した日の出町の家、結婚後に住んだ武蔵小金井の家などへの追想や孫たちへの思いが愛情豊かに書かれている。九八年に東浦和に転居したことで、こういう感懐詩が書かれたのであろうか。

3『**野ばらの私語（ささやき）**』（二〇〇五年）七十三歳

浦和に転居後、秋谷豊主宰の「地球」に同人参加。第七回アジア詩人会議（モンゴル）、第八回同会議（西安・敦煌）などに参加。日本歌曲振興会にも参加。モチーフが家庭内から世界へいっきに拡がり、「花陰」「エデンの春」「星語り」などの秀作を生み出している。

この他、モンゴル渡航をモチーフとした詩篇も出色。比留間は生活人として巨匠であったが、そのまじめな性格は、ここで現代詩のレトリックをも極めたといってよい。

4『**育みの地はフィナーレを**』（二〇〇六年）七十四歳

若くして逝った甥の追悼詩が含まれる。比留間は家族を愛するように故郷を愛する。その無垢で深い愛の精神的位相は、教会の修道女のもつ透明性に近い。比留間はけっして静態的なタイプではないのだが。そういえば、詩人クラブ主催「詩の学校」の開講日、参加者に手製の花のブローチを配っていたことが思い出される。詩の講座といえば、精神が緊張していてこんな余裕は生み出せない。比留間はそれが自然にできる人生の達人でもある。この年に最愛の夫が他界。

5『鉄路に燃えた日は遠くに』（二〇〇六年）七十四歳

年譜に「夫の存命中に上梓を願ったが間に合わず、棺の中に入れる。」とある。夫は国鉄技術研究所に勤務し、新幹線の開発構想に携わった鉄道技術者である。所属はロングレールの研究。一九六四年十月一日、東海道新幹線0系車輛「ひかり」が発車。比留間一家は日本が世界に誇る新幹線完成の生き証人となる。同十月十日には東京オリンピックが開幕。比留間は夫の仕事を通し激動の時代をドラマチックに描く。

この時代の日本人の公共的な情熱はすごいの一言に尽きる。新幹線のみならず、各高速道路などのインフラは昭和遺産として現在のわれわれの生活を支えている。当然、光があれば影もあり、それらが自然破壊、過疎化などを引き出した側面も無視できない。それにしても、こういうダイナミックかつ肯定的なテーマは現代詩では異色である。

これまでの比留間家の系譜を辿れば、夫の仕事は一家の家計を支えてきたのであって、書かれるべくして生まれた詩集といってよい。夫の代わりに、私がその足跡を書いてみせるという義侠心が働いたのかもしれない。このように詩人の多くは無名ではあっても、他者の人生をことばで代行し、その生き様を後世に伝えていくことができる。入院した夫について、病室で九歳から二十一歳までの孫に見舞われているシーンは微笑ましい。このように比留間にとって、詩は個人のものではなく、家族みんなのものであってよいという考えで、すべて家庭生活が基盤となっている。一族の貴重な生活史が、詩を通して子孫に伝えられていっているのは貴重である。

6 『薫風の中へ融けてゆく』（二〇〇七年）七十五歳

夫と死別後、孫たちの成長もあって、テーマが人間から自然界の生物に変化する。花は家族の仮神となってユニークな人間物語が展開される。比留間の花の専門知識は詩界屈指で、どれもよくまとまっていて、この分野では他の追随を許さないといってよい。これまで現代詩は花鳥風月と相性がよくない。というより拒絶しがちであった。ある意味、詩の宝庫である花鳥風月を賞味もせずむだに捨てているのである。花言葉は人々の生活に密着し人口に膾炙されているが、それはそのまま究極のアレゴリー表現といってよい。比留間は花に物語性をもたせてこれまでの人生を振り返る。ここまで、与えられた人生を丁寧に生きた詩人はいない。ときに詩人は家族と軋轢を生みやすいが、ここでの精神的調和はみごとなものである。

7 『共に育んだ愛の日々は何処へ』（二〇〇七年）

夫へのレクイエム。子供の頃に聞いた浪曲の一節がよみがえる。「妻は夫をいたわりつ、夫は妻を慕いつつ」（壺阪霊験記）。新幹線の開設工事にあたった夫は唯一無二の家族の英雄であった。その誇りを胸に比留間家は、夫を軸に家族全員が一致団結していた。現代はフェミニズムの立場から、主婦や主人という言葉の使用がともすれば矮小化されかねない。しかし、そこでの指摘は言葉と内実が伴っているかどうか分からない。いくら形式的に女性の権利は拡大していっても、中身が薄ければ砂上の楼閣に等しい。何より夫は詩人比留間美代子の才能を後押ししていた。封建的どころか近代の先端を行く精神の持ち主であった。このレクイエムはその恩返しでもある。光陰矢の如し、人生は消費されていってしまうが、詩人はそれを書き留めておくことができる。比留間の夫は享年八十歳。人生百年の時代、九十までは生きられたはずだから、「二人の人生をもう少しゆるゆると／堪能したかったですね」（「眠る人の傍らに」）というのが胸に迫る。

8　『花吹雪』（二〇一〇年）七十八歳

タイトル・ポエムが強烈に胸を打つ。

桜花の色香に酔い／あの世とこの世の狭間で／花の宴を繰り広げよう／流れる涙は流れるままにして／／一面に散り敷かれた花の波／年々変ることなく花は舞う／あの声を聞くことも叶わず／あの笑顔も見えず花は無心に吹雪く／／長い夢を見ていたのだよ／すべてが幻だったのだよ／風に流されて飛ぶ花びらは／耳元に言い寄りながら飛んでいく

（五〜七連）

比留間の内に秘めた激しい女性性がうかがえる。これまで穏当な主婦をイメージし語ってきたが、案外比留間の胸中にはこうした文学的側面が渦巻いていたのかもしれない。それらは意図的に封印してきていたのか、抑制されたのか分からない。この詩集は家庭を守る主婦像と修羅を抱えた女性性が二重構造になって展開している。

9　『通り抜けていった日』（二〇一一年）七十九歳

この詩集は過去を追想する中にそこはかとない哀感が漂っている。これまでの人生のメモリアルとして書かれている。

10　『花とひかり』（二〇一三年）八十一歳

『薫風の中へ融けてゆく』以降にみられる花に人生を託した抒情詩集。「いっぱいのひかりを受け／多くの花々に導かれ／豊かに育まれた花とのひと筋の道／やがて祈りとなっていく」（「花とひかり」）など、比留間は単に思いを花に託す抒情詩人ではなく、現世を超越した無垢な宗教詩人といってもよい。第一詩集は六十台半ばなので、この営為はこれからのシニア世代の生き方の模範としてもよい。

11 『私の少女時代は戦争だった』（二〇一五年）八十三歳

少女期にみた戦争は物語ではなく、あまりに残酷すぎるリアリズムであった。子供たちは大人たちにアジアの中の強い日本であると洗脳された。比留間たちにとって、アジアを欧米の列強から解放する日本は正義の味方であった。「赤紙を貰うのは名誉のこと」（「赤紙」）で、「勝つまでは一億一心火の玉と言葉だけ」（「戦況激しい中次々届く赤紙」）と自らを鼓舞する。この小さな愛国心の発露は健気でさえある。そんな世代が、平和憲法をバックボーンに戦後日本を復興させたのである。比留間が家庭を大切に守ってきたことの背景には、それはある意味で無意識にせよ、国家という虚構に対するアンチテーゼがあったのではないか。平成に入ってその家庭の絆が崩壊してきていることに危惧を覚えてしまう。そのすきを狙って、強い日本を取り戻すなどの声高なスローガンが聞こえてくる。これはなにかの間違いではないかと思う世代がどれだけいるか。その意味でも、この詩集が編まれたことは貴重である。

12 『野ばらの変遷』（二〇一七年）八十五歳

比留間ワールドの集大成がある。花をモチーフに社会事象を溶け込ませている。ここから読み始めていくのも面白い。

文学といえば反体制、アンチモラルなことが喝采を浴びやすい。有島武郎や太宰治の最後は情死であったし、中原中也なども精神的錯乱の中で命を終えている。佐藤春夫はなんと谷崎潤一郎から妻を貰い受けている。そんなことが文学史の主題になるのだから、きちんと社会の勤めを果たした詩人の生活レポートに耳を傾けさせるのは容易ではない。

私はこうした生活者の律義な生き方に美学を感じてしまう。たとえば、前述したテーマを崩壊、錯乱などとすれば、比留間の詩には寛容、調和という言葉が思い浮かぶ。それでも、そうした倒錯精神のほうが文学者の矜持になっていくのか。そんなものばかりを読まされていると、比留間美代子の閑静な詩的世界に浸りたくなる。

比留間美代子年譜

一九三二年（昭和七年）　当歳

二月七日、父田村広吉（織物業）、母フクの長女として、東京都西多摩郡日の出町平井に生まれる。

一九三八年（昭和十三年）　六歳

四月、日の出町立平井小学校入学。

一九四一年（昭和十六年）　九歳

十二月、太平洋戦争勃発。

四年、五年生の担任教師が作文や詩について熱心だった。その熱意が伝わり、よく私の作文をガリ版刷りにしてクラス全員に配って下さった。それで気負ってしまって、自分も本を書きたい夢を持った。その恩師は翌年応召され戦病死されてしまった。

一九四五年（昭和二十年）　十三歳

四月、戦争が激しい中、立川高等女学校へ入学し、汽車通学が始まる。

七月、下校時に、汽車が多摩川の鉄橋を通過中、機銃掃射の攻撃を受け、死傷者が多数出た。奇跡的に助かり、この事件については後に「鉄橋の上で見た火の玉」と題して詩作、詩集『私の少女時代は戦争だった』に収録する。

八月十五日、終戦。

一九四七年（昭和二十二年）　十五歳

四月、学校教育法の改正。高校へ進学。

一九五〇年（昭和二十五年）　十八歳

戦後の物資不足、食糧難で日本は困乱を極めた。その頃極度の眼精疲労で眼の痛みに悩む。夜間目を閉じていても痛み、活字を見ることを禁止され、緑を見るようにとの眼科医の指示。鬱々とした日々、この時代は私の暗黒時代であった。それで色々の花を植え、眼の保養に努める。花々が咲き乱れると活けたい衝動に駆られ、生花教室へ通う。

三月、高校卒業。その後の謝恩会で卒業生代表として謝恩の辞を述べる。

四月、眼の痛みで受験勉強も出来ず挫折感に襲われる。

花の種を蒔き、花の球根を植えていた日々、生花が楽しくなり生涯にわたり生花を継続することになる。花が私の詩の材料となってゆく。

一九五五年（昭和三十年）　二十三歳

生花師匠の紹介により結婚。武蔵小金井貫井南町の新居に入る。

その当時の小金井は畑ばかり。一反歩の土地が三分割され、その一画に居住。後に「畑中の三軒家」と題して「詩と思想」平成二十四年五月号に掲載される。

夫比留間正夫は国鉄技術研究所勤務。東京オリンピックまでに、「夢の超特急」と言われた新幹線の開発構想の実現化が始まり、所属はロングレールの研究で出張の多い日々。

一九五六年（昭和三十一年）　二十四歳

九月、長女真弓誕生。

見知らぬ土地で留守がちだった夫、以前は家族と住み込みの織子さん等々、大家族のようだった時と正反対の環境に淋しさが募った。

その頃の日本は高度成長期に入り、廻り中の畑は宅地に様変わりしてゆく。

一九六〇年（昭和三十五年）　二十八歳

六月、次女美里誕生。

一九六二年（昭和三十七年）　三十歳

新幹線の試乗。研究に携わった人とその家族が招かれた。鴨宮と横浜間の試乗に家族四人で参加。時速二百キロを超えた放送に「おお」とどよめきの声、次に喚声が湧いた。見知らぬ土地で、留守がちの夫で淋しかったことが一気に吹きとび、この日のために夫は全力投入していたと感無量になる。

一九六四年（昭和三十九年）　三十二歳

十月一日、朝、東海道新幹線０系車輌「ひかり」が発車、新幹線開業。

十月十日、東京オリンピック開幕。

新幹線が走り抜き、オリンピック開催で立派に世界に扉を開いた時、日本の華々しい時代と共に、夫も忙しく駆け抜けた時代の流れ。後にこれらをまとめて詩集『鉄路に燃えた日は遠くに』を出版することになる。

一九七〇年（昭和四十五年）　三十八歳

生花教室を自宅で始める。近隣の人々が集まり、賑やかな稽古場となる。季節に先がけた花の材料を手に和気藹々の日々。お花も教室も後々詩の材料として登場してくることになる。

一九七九年（昭和五十四年）　四十七歳

立川市のデパートで三多摩師範による生花展に出品。生花展が終わった翌朝、過労から意識不明となり自転車から転落、救急車で搬送され、以後病気がちの人生となる。二年で三度の入退院をして、最後は肝炎で入院、顔色が薄黒くなる。

だるい体を横たえて、ベッドの上で詩らしきものを認めて平常心を保つことに努める。これが第一詩集『日だまり』の内容となる。

一九八〇年（昭和五十五年）　四十八歳

長女結婚。

一九八二年（昭和五十七年）　五十歳

体調悪く、そのような時、栄養補給食品を教わり、人体の六十兆個ある細胞が健全になれば元気になると知り、一ケ月でとり戻せた健康。以後継続して食べ続けている。病気とは縁が切れた。そんなある日、第十一代環境庁長官土屋義彦氏と知り合い『負けてなるものか』の著書を頂いた。それでお返しに私の第一詩集『日だまり』を送ると、すぐに家に電話があり、「あんたも病気で苦労したね」と。その頃は埼玉県知事をしておられた。とても気さくなお人柄であった。『私の履歴書』等を送って頂き、生い立ちもよく分かった。知事の任期終了後、逝去されてしまった。

一九八九年（平成元年）　五十七歳

次女結婚。夫婦二人だけの生活となり、生花教室はそのまま継続。

一九九六年（平成八年）　六十四歳

第一詩集『日だまり』上梓（入院中に作詩したもの）。父九十歳、父の卒寿を記念して先ず両親に贈呈。

入退院をして両親に心配をかけ通しだったため、やっと恩返しできたと思う。

一九九七年（平成九年）　六十五歳

埼玉県さいたま市立向（むかい）小学校校歌の作詞が採用となる。校長先生から小金井の自宅へ電話がありその旨を知る。

十一月、開校式に招待され、小金井から夫と共に参席、全員の校歌の大合唱に感極まる。

一九九八年（平成十年）　六十六歳
二月、埼玉県さいたま市東浦和に移転。

次女の家の隣地が売り出されたから、こちらに越してきたらいいと電話。住み慣れた小金井だからと断るが、再三の電話に、先行きを考えたら転地をした方がよいと夫の英断で転居。

六月、秋谷豊「詩の教室」に参加、詩の学びを受ける。詩誌「地球」同人。

一九九九年（平成十一年）　六十七歳
五月、第二詩集『一条の光を見つめて』上梓。

八月、第七回アジア詩人会議（モンゴル・団長秋谷豊氏）に参加。

二〇〇一年（平成十三年）　六十九歳
新波の会埼玉支部埼玉フェスティバルⅡに参加。

六月、日本歌曲振興会「さいたまを詩う」に入選。

宮澤章二委員長より賞状を授かる（於大宮ソニックシティ）。詩の題名は「曼珠沙華」。作曲・金藤豊、歌・丸山富士江（ソプラノ歌手）、詩朗読後演奏。

八月、孫たちへの証言　第14集『新世紀を生きる君たちへ』に「鉄橋で見た火の玉」が掲載される。

二〇〇二年（平成十四年）　七十歳
第八回アジア詩人会議（西安・敦煌）に参加。

新波の会埼玉支部埼玉詩のフェスティバルⅢに入選。題名は「ぬくもりの空気」。作曲・平野淳一、歌・大塚秀子。

二〇〇五年（平成十七年）　七十三歳
八月、第三詩集『野ばらの私語』上梓。帯文・秋谷豊氏。

十一月、さいたま文芸家協会賞受賞。会長・槙皓志氏より賞状を授かる。

同月、日・伊芸術使徒賞を受賞（『野ばらの私語』の詩による）。

十二月、アジア環太平洋詩人会議「２００５東京」に参加。

二〇〇六年（平成十八年）　七十四歳

三月、夫比留間正夫他界。

夫に先見の明があったと知る。娘の隣へ転居することを英断した夫の見識を認識した。

四月、第四詩集『育みの地はフィナーレを』上梓。

第五詩集『鉄路に燃えた日は遠くに』。夫の存命中に上梓を願ったが間に合わず、棺の中に入れる。

十月、現代文芸秀作賞受賞。国立国会図書館文化財認定協賛全国主要図書館現代文芸図書に選ばれる。

二〇〇七年（平成十九年）　七十五歳
八月、第六詩集『薫風の中へ融けてゆく』上梓。

沼のほとり文芸大賞受賞。ヒアシンスハウス代表北原立木氏より賞状を授かる。

九月、第七詩集『共に育んだ愛の日々は何処へ』上梓。

十一月、日本詩人クラブ入会。ここで元日本詩人クラブ会長中村不二夫氏と出会い、以後色々と詩に関連したことの教示を頂くことが出来た。

二〇〇八年（平成二十年）　七十六歳
比留間一成氏による「詩の通信教育」を受講、最終まで継続。
詩誌『ＰＯＣＵＬＡ』（比留間一成氏主宰）に参加。同姓の誼から懇意となり比留間姓のルーツについてよく話し合った。

二〇〇九年（平成二十一年）　七十七歳
日本ペンクラブ入会。ペンクラブの席でアルフォンス・デーケン氏より「死生学」の小冊子を頂き、感謝。夫亡き後の憂いから救われる法則を知らされた。

二〇一〇年（平成二十二年）　七十八歳
九月、国際ペン東京大会参加。早稲田大学大隈講堂にて詩を朗読する。

十月、第八詩集『花吹雪』上梓。解説・比留間一成氏（元日本詩人クラブ会長）。

十一月、「東京詩祭二〇一〇」（明治記念館）に参加。日本詩人クラブ創立六十周年記念挙行に参加。

詩誌「柵」、中村不二夫氏に紹介して頂き同人に。

二〇一一年（平成二十三年）　七十九歳
二月、国際文化交流二十五周年記念賞受賞。国立国会図書館文化財保存。協賛　全国主要図書館・現代文化協会。

　六月、『奇跡を願って』（篠沢教授サポーターズ編）難病ALSと闘う篠沢教授へ贈るメッセージに多くの方々の中の一人として詩「ゆるゆると流されて」を送った。

　八月、第九詩集『通り抜けていった日』上梓。解説・中原道夫氏（詩誌「漪」編集発行者）。詩誌「漪」同人となる。以後詩人クラブで種々お世話になる。

　九月、『復興の祈り　東北を救いたい　復興を願う300人のメッセージ』東京都知事石原慎太郎を始め多くの人々が応援メッセージを伝えた。私は「新たなる一歩を」の詩を掲載。

　十一月、「韓・日　詩と詩人の集い」「文学の家・ソウル（韓国山林文学館）に参加。

二〇一三年（平成二十五年）　八十一歳
　五月、「日本詩人クラブ秋田大会２０１３」に参加。

　十一月、第十詩集『花とひかり』上梓。帯文・中村不二夫氏。

二〇一四年（平成二十六年）　八十二歳
　六月、第九回「ふるさとの詩」入選。羽生市長河田晃明氏より賞状を賜る。

　七月、日本現代詩人会入会。

　十一月、さいたま市立向小学校開校十八年式典に、「校歌作詞の原点」と題し全校生徒の集まった壇上で講話。

　同月、『古事記』の研究をしていたため、その世界を知りたいと思い、高千穂峡、天岩戸神社、天安河原等々の旅行をする。その時のことすべてが詩となり、上梓した詩集の巻末に収録。

　「さいたま市民文芸13号」優秀賞。さいたま市長清水勇人氏より賞状を賜る。

二〇一五年（平成二十七年）　八十三歳
　四月、「みらいにつなげる言葉」と題して宮城県村田町に「日本芸術石碑」設置、「夢を見続けて」の詩が彫られ、城山公園に設置された。

　八月、第十一詩集『私の少女時代は戦争だった』上梓。帯文・比留間一成氏。

　「台地」同人となる。会場が二駅先で近いので、毎月の合評会に参加。

十二月、終戦七十年企画「平和の祈り芸術展」が沖縄首里杜館情報展示室にて開催、そこに一沖縄に散華した叔父に捧ぐ」と「鉄橋の上で光った火の玉」が展示された。

二〇一六年（平成二十八年）　八十四歳

十月、詩集『私の少女時代は戦争だった』が第十九回日本自費出版文化賞入選。

同月、奈良駅で正岡明先生と合流して、まず「子規の庭」を見学。夕方から「まほろばのあかり２０１６」薬師寺奉納芸術祭にタイトル「奈良の都」を献詩したので、奉納式に招待された。庭の千個の灯籠に灯が灯ると幽玄の世界に導かれた。薬師寺内に通されたら、天武天皇忌が営まれる席に参列できて感無量となった。天武天皇の勅により日本最古の歴史書が書かれることになったのだから『古事記』に傾倒している私には意義深い日となった。

同月、さいたま市平和展に詩集『私の少女時代は戦争だった』があげられ、詩「魂の叫び」が展示された。

「チ・カ・ホ美術プラス展２０１６」（札幌駅前地下広場にて）に美術プラス推薦図書として『私の少女時代は戦争だった』が展示された。

十二月、正岡明氏との対談。

二〇一七年（平成二十九年）　八十五歳

三月、「美の淵源展」が宝塚ソリオホールにて開催。娘と行く。会場には正岡明先生がいらして写真を撮って頂いた。

六月、子規・漱石生誕百五十年記念、今日の芸術詩歌展「至芸の邂逅」開催（松山市立子規記念博物館）。国指定重要文化財、萬翠荘。私はこの会場に出掛けられず残念だったが、後日桜井漆器の盆に子規の「詩人されば　歌人坐にあり　歌人去れば　俳人集り、永き日暮れぬ」が右側にあり左側に私の詩「厳然たるもの」が書かれてあった作品が届けられて有り難いことだった。

九月、第十二詩集『野ばらの変遷』上梓。帯文・中村不二夫氏（この詩集の中の「樹木医」とあるのは正岡明氏）。

十二月、「ボージョレ・ヴィラージュ・ヌーボーアートラベル展２０１７」（東京京橋テラス）開催。ワインのラベルの右側に子規の句、左に私の詩が載せられた。

二〇一八年（平成三十年）　八十六歳

二月、日本詩歌句協会第十二回中部大会入賞、詩「異界のストーリー」。

三月、横浜みなとみらい芸術祭「和楽」が開催され、「花咲く道をゆく」の詩を送る。

五月、明治百五十年芸術文化維新展（漱石山房記念館）で展示、詩「恩愛」「万物の手」の二作品を提出する。

九月、春日大社へ『古事記』の詩を献詩確約済み。

現住所　〒３３６―０９２６　埼玉県さいたま市緑区東浦和2―76―25

新・日本現代詩文庫139 比留間美代子詩集

発行　二〇一八年九月二十五日　初版

著者　比留間美代子
装幀　森本良成
発行者　高木祐子
発行所　土曜美術社出版販売
〒162-0813　東京都新宿区東五軒町三—一〇
電話　〇三—五二二九—〇七三〇
FAX　〇三—五二二九—〇七三二
振替　〇〇一六〇—九—七五六九〇九
印刷・製本　モリモト印刷

ISBN978-4-8120-2455-3　C0192

新・日本現代詩文庫

土曜美術社出版販売

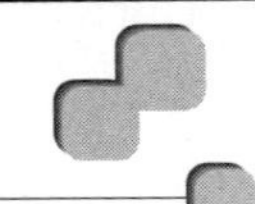

- (109) 郷原宏詩集　解説　荒川洋治
- (110) 永井ますみ詩集　解説　有馬敲・石橋美紀
- (111) 阿部堅磐詩集　解説　里中智沙・中村不二夫
- (112) 新編石原武詩集　解説　秋谷豊・中村不二夫
- (113) 長島三芳詩集　解説　平林敏彦・禿慶子
- (114) 柏木恵美子詩集　解説　高山利三郎・比留間一成
- (115) 近江正人詩集　解説　高橋英司・万里小路譲
- (116) 名古きよえ詩集　解説　中原道夫・中村不二夫
- (117) 新編石川逸子詩集　解説　小松弘愛・佐川亜紀
- (118) 佐藤真里子詩集　解説　小笠原茂介
- (119) 河井洋詩集　解説　古賀博文・永井ますみ
- (120) 戸井みちお詩集　解説　高田太郎・野澤俊雄
- (121) 金堀則夫詩集　解説　小野十三郎・倉橋健一
- (122) 三好豊一郎詩集　解説　宮崎真素美・原田道子
- (123) 古屋久昭詩集　解説　北畑光男・中村不二夫
- (124) 佐藤正子詩集　解説　篠原憲二・佐藤夕子
- (125) 川端進詩集　解説　中上哲夫・北川朱実
- (126) 桜井滋人詩集　解説　竹川弘太郎・桜井道子
- (127) 葵生川玲詩集　解説　みもとけいこ・北村真
- (128) 今泉協子詩集　解説　油本達夫・柴田千晶
- (129) 柳内やすこ詩集　解説　伊藤桂一・以倉紘平
- (130) 新編甲田四郎詩集　解説　川島洋・佐川亜紀
- (131) 大貫喜也詩集　解説　石原武・若宮明彦
- (132) 今井文世詩集　解説　花潜幸・原かずみ
- (133) 中山直子詩集　解説　鈴木亨・以倉紘平
- (134) 林嗣夫詩集　解説　鈴木比佐雄・小松弘愛
- (135) 柳生じゅん子詩集　解説　山田かん・土田晶子・福原恒雄
- (136) 原圭治詩集　解説　市川宏三・長居煎
- (137) 森田進詩集　解説　川中子義勝・佐川亜紀・中村不二夫
- (138) 水崎野里子詩集　解説　ワシオ・トシヒコ・青木由弥子
- (139) 比留間美代子詩集　解説　中原道夫・川中子義勝・中村不二夫
- (140) 内藤喜美子詩集　解説　高橋次夫・中村不二夫

〈以下続刊〉

- ① 中原道夫詩集
- ② 坂本明子詩集
- ③ 高橋英司詩集
- ④ 前原正治詩集
- ⑤ 三田洋詩集
- ⑥ 本多寿詩集
- ⑦ 小島禄琅詩集
- ⑧ 新編菊田守詩集
- ⑨ 出海溪也詩集
- ⑩ 柴崎聰詩集
- ⑪ 相馬大詩集
- ⑫ 桜井哲夫詩集
- ⑬ 新編島田陽子詩集
- ⑭ 新編真壁仁詩集
- ⑮ 南邦和詩集
- ⑯ 星雅彦詩集
- ⑰ 井之川巨詩集
- ⑱ 新々木島始詩集
- ⑲ 小川アンナ詩集
- ⑳ 新編井口克己詩集
- ㉑ 新編滝口雅子詩集
- ㉒ 谷　敬詩集
- ㉓ 福井久子詩集
- ㉔ 森ちふく詩集
- ㉕ しま・ようこ詩集
- ㉖ 腰原哲朗詩集
- ㉗ 金光洋一郎詩集
- ㉘ 松田幸雄詩集
- ㉙ 谷口謙詩集
- ㉚ 和田文雄詩集
- ㉛ 新編高田敏子詩集
- ㉜ 皆木信昭詩集
- ㉝ 千葉龍詩集
- ㉞ 新編佐久間隆史詩集
- ㉟ 長津功三良詩集
- ㊱ 鈴木亨詩集
- ㊲ 埋田昇二詩集
- ㊳ 川村慶子詩集
- ㊴ 新編大井康暢詩集
- ㊵ 米田栄作詩集
- ㊶ 池田瑛子詩集
- ㊷ 遠藤恒吉詩集
- ㊸ 五喜田正巳詩集
- ㊹ 森常治詩集
- ㊺ 和田英子詩集
- ㊻ 伊勢田史郎詩集
- ㊼ 鈴木満詩集
- ㊽ 曽根ヨシ詩集
- ㊾ 成田敦詩集
- ㊿ ワシオ・トシヒコ詩集
- (51) 高田太郎詩集
- (52) 大塚欽一詩集
- (53) 香川紘子詩集
- (54) 井元霧彦詩集
- (55) 高橋次夫詩集
- (56) 上手宰詩集
- (57) 網谷厚子詩集
- (58) 門田照子詩集
- (59) 水野ひかる詩集
- (60) 丸本明子詩集
- (61) 村永美和子詩集
- (62) 藤坂信子詩集
- (63) 門林岩雄詩集
- (64) 新編原民喜詩集
- (65) 新編濱口國雄詩集
- (66) 日塔聰詩集
- (67) 武田弘子詩集
- (68) 大石規子詩集
- (69) 吉川仁詩集
- (70) 尾世川正明詩集
- (71) 岡隆夫詩集
- (72) 野仲美弥子詩集
- (73) 葛西洌詩集
- (74) 只松千恵子詩集
- (75) 鈴木哲雄詩集
- (76) 桜井さざえ詩集
- (77) 森野満之詩集
- (78) 坂本つや子詩集
- (79) 川原よしひさ詩集
- (80) 前田新詩集
- (81) 石黒忠詩集
- (82) 壺阪輝代詩集
- (83) 若山紀子詩集
- (84) 香山雅代詩集
- (85) 古田豊治詩集
- (86) 福原恒雄詩集
- (87) 黛元男詩集
- (88) 山下静男詩集
- (89) 赤松徳治詩集
- (90) 梶原禮之詩集
- (91) 前川幸雄詩集
- (92) なべくらますみ詩集
- (93) 津金充詩集
- (94) 中村泰三詩集
- (95) 和田攻詩集
- (96) 藤井雅人詩集
- (97) 馬場晴世詩集
- (98) 鈴木孝詩集
- (99) 久宗睦子詩集
- (100) 水野るり子詩集
- (101) 岡三沙子詩集
- (102) 星野元一詩集
- (103) 清水茂詩集
- (104) 山本美代子詩集
- (105) 武西良和詩集
- (106) 竹川弘太郎詩集
- (107) 酒井力詩集
- (108) 一色真理詩集

◆定価（本体1400円＋税）